道友社
きずな新書
015

おかえり

続・家族日和

白熊 繁一

目次

受け継がれるもの

プロローグ

宝物の言葉たち

ある矯正《きょうせい》施設に入っている息子さんの帰りを待つ母親が、「私、毎日空を見上げながら、息子に『元気にしていますか。母さんは今日も元気に働いていますよ』と語りかけているのです」と話してくれました。

「空は切れ目なく続いていますからね。いま吹いている心地《ここち》よい風が、きっとお母さんの思いを息子さんへ届けてくれるでしょうね」と私が答えると、「そう願っています。いまの私には、それしかしてやれません」と言い、ハンカチで目頭を押さえました。

日々息子を心配し、元気でいることを祈り、そして心を入れ替えて帰ってくる日を待ちわびる心情に、母親ならではの温かさを感じました。「息子さん、きっと立ち直って帰ってきますよ」と言うと、「息子の話ができるのは白熊さんだけです。また来てください」と、今度はほほ笑みながら話してくれました。

これは、保護司としてつとめる私の面接場面のひとコマです。

また、私はある少年院で教誨師《きょうかいし》を務めており、毎月、施設を訪ねて担当する少年に面会しています。

寡黙《かもく》で、いつもうつむき加減の少年に、「前回の面接から今日までを振り返って、何かよかったと思う出来事があったら教えてほしいなあ」と聞くと、下を向いたまま「何もありません」と、ぽつりと答える日々が続いていました。

どんなに小さなことでも、身の周りにあるありがたさに気づくことが更生への第一歩と考え、毎回その質問を続けていたあるとき、「数日前に父が面会に来てくれました」と、顔を上げ、私を見つめて話してくれました。「それはよかったね。お父さんは何か話してくれましたか?」と聞くと、「はい。『おまえ、いい顔になったな』って言ってくれました」と、今度は照れくさそうに、ほほ笑んで答えてくれました。

少年が初めて見せた笑顔が眩《まぶ》しく、父と子の会話を想像しながら、安堵《あんど》の胸を撫《な》でおろしました。少年はその後、面接をするたびに笑顔が増え、元気になっていきました。

父親の言葉の重みとありがたさが、しっかりと少年の心に残ったことを感じたものです。

この世界には二人として同じ人がいないように、二つとして同じ家族もありません。長い間、天理教の教会長（現在は前会長）として、あるいは里親や保護司、教誨師の活動を通して、不思議なご縁につながる人やその家族と出会い、一つひとつの家族のありように感動したり心を痛めたり、時には夫婦や親子関係の修復にも努めてきました。

私は、血縁や名字のつながりはなくても、神様の不思議なご縁につながる家族を「教会家族」と表現しています。そして、教会で共に過ごす家族や、前述のように出会う方々との会話を、とても大切にしています。相手が発する言葉にホッとしたり、ドキッとしたり、なるほどとうなずいたり、感動して涙が溢《あふ》れたり……。一つひとつの言葉と共に、その元にある心を察しながら、深い思いを受けとめてきました。

ですから私にとって、聴く一つひとつの言葉は宝物なのです。それを大切にしようと思い、時にはそれらの言葉を手帳に書き込んでいます。

時折、手帳をめくりながら、メモのなかから一つの言葉を選び、それを題材にしてエッセイを描《か》きます。書くではなく描くと表現したのは、一枚のキャンバスにその光景を描いていくように、エッセイを作り上げたいと思うからです。

『人間いきいき通信』（天理時報特別号）の「家族のハーモニー」にエッセイを描き始めてから十二年が経《た》ち、ちょうど五十作になりました。二十五作を迎えたときに、『家族日和』と題した本を道友社が出版してくださいました。

このたび、後半の二十五作に、未発表の五作を加えて『おかえり――続・家族日和』として上梓《じょうし》していただくこととなりました。

その都度、「おかえり」と言って教会に迎えてきた、教会家族の〝宝物の言葉たち〟を感じていただけたら、ありがたく思います。

縁あって親と子に

里子たちの散髪

ある日の夕方、教会にいた私に「お父さん、時間があったら散髪してほしいんだけど」と、高校二年生の正夫《まさお》（仮名）が言った。学校と部活、その後も夜遅くまでアルバイトの日々を送る正夫は、日中留守になりがちな私と居合わせるのを待っていたようだ。

三歳のとき里子として受託してから十三年、正夫の散髪はずっと私がしてきた。中学生になったころ、そろそろ理髪店へ行ったらどうかと尋ねたが、「お父さんがいい」と言い、高校生になった今も続いている。

なぜ上手《じょうず》でもない私がいいのかと尋ねたところ、「文句が言えるから」という理由が振るっていた。その通り、いざ切り始めると「前髪は切らないで」「そこはすき過ぎ」と、やたらうるさい。それでも散髪中は、学校生活やアルバイトの話などを聞くことができる大切な時間なので、耳を傾けながら鋏《はさみ》を動かしている。

正夫の髪には天然のウェーブがかかっていて、優しく柔らかい性格を表している気がする。

一方、小学五年生の将太《しょうた》（仮名）は、つい最近まで丸坊主を好んでいた。細かいことは言わないので、あっという間に散髪は終わるのだが、バリカンを手にする私にはストレス解消にもなっていた。

ところが、最近は妙にしゃれっ気が出てきて、「ツーブロックにして」とか

「ベリーショートにして」などと言いだすようになった。それがどんなヘアースタイルなのか見当もつかない私には、とても手に負えず、近所の理髪店にお願いすることにした。その店では、子供には散髪後にお菓子を渡すのだが、将太の本当のねらいは案外それなのかもしれない。

将太の髪は太い直毛。いったん言いだしたら誰が何と言っても聞かない一途《いちず》さが、髪にも表れている気がする。

昨年の秋から受託した四歳の文也《ふみや》（仮名）の髪は、やや栗色をしていて絹糸のように細い。身体《からだ》も弱くて線が細く、内面的な繊細さを髪からも感じる。

性格や癖《くせ》、気質といったものは、言葉や仕草《しぐさ》はもちろんだが、髪の毛にも表れていて、なんとなく当人を理解できるように思う。

おやさま（天理教教祖・中山《なかやま》みき様）は、「やさしい心になりなされや。人を救《たす》けなされや。癖、性分《しょうぶん》を取りなされや」と仰せくだされている。私は、このお言葉の書に絵を添え、いつも自分自身を顧みる心の拠《よ》り所として、教会の玄関に掲げている。

癖のない人はいない。皆それぞれ癖を持ち、その癖に悩んでいるのではないだろうか。自分の癖を取ることは至難の業《わざ》かもしれないが、優しい心になることや、人をたすけることは、どんな癖があっても、その気にさえなれば誰でもできるはずだ。

優しい心になろうとするとき、人のたすかりを一心に願うとき、自分を悩ませていた癖や性分がプラスの働きに転じることもあるのではないかと思う。のんびりした人は、ゆっくり落ち着いて人の話に耳を傾けられるだろうし、せっかちな人は、人の難渋を見れば一目散に駆けつけるかもしれない。

私も、わが家の子供たちと共に、優しい心になって人のたすかりを願いながら、〝人を悩ませる癖〟を〝人を思いやる癖〟へと変えたいと願っている。


正夫の散髪を終えて掃除をしていると、将太が「お兄ちゃんの切った髪、お父さんがもらって頭にくっ付ければ」と冷やかしに来た。「こらっ！」と怒鳴《どな》ると、もう将太の姿はなく、正夫に「まあまあ、お父さん」と、にこやかになだめられた。

正夫のしなやかな優しさに、またたすけられた。

妻の背中に感謝

先日、珍しく妻と二人きりで出掛ける用事があった。里子として養育している子供たちや高齢になる私の母の世話取り、教会へ参拝に来られる人たちのことを考え、夫婦で毎朝、一日の動きを確認しながら過ごす日々。二人そろって出掛けるのは、ずいぶん久しぶりのことだった。

用事を済ませての帰路、最寄《もよ》り駅で降りると、妻が「なんだか頭がフラフラするので、ゆっくり歩いて帰ります。家も心配なので先に帰ってください」と言った。顔をのぞくと、少し疲れた様子だ。そんな妻を残して先に歩くことなどできるはずもなく、私はそっと右手を差し出した。妻は「ありがとうございます」と言って、私の手につかまった。

ひと呼吸おいて、おもむろに歩きだすと、「あなたと手をつないで歩くなんて何年ぶりかしら」と、妻が小さくつぶやいた。新婚当初や海外赴任中には、こうして歩いたこともあったが、何年ぶりどころか、何十年ぶりかもしれない。つないだ妻の手は、毎日繰り返してやむことのない炊事、洗濯、掃除をはじめ、さまざまな世話取りに酷使しているのであろう。その日常が、しっかりと刻まれている。

私は、何年ぶりかということよりも、妻のこれまでの日々を振り返りながら、「いろいろ苦労をかけて、すまないね」と言った。「いいえ、こちらこそ」と、つらそうな息の下で妻は答えた。

駅から教会までの距離を、いつもより長い時間をかけて歩き、ようやく玄関にたどり着いた。

私が「ただいま」と声をかけると、まず二歳の孫が駆け寄り、「じいじ、ばあば……」と出迎えてくれた。おそらく孫の子守をしていたのだろう、後を追って出てきた小学五年生の将太が、私たちの格好を見て、大きな声で「オー！ラブラブ」と冷やかした。

その声につられて「なに、なに？」と、高校二年生の正夫が部屋から出てきたが、正夫はすぐさま「お母さん、大丈夫？」と、妻の顔色に気づいて心配顔になった。そして、正夫の声を聞いて出てきた娘が、妻の容体を確認し、すぐに布団を敷きに部屋へ走ってくれた。

妻を休ませてから、玄関での数分の出来事を振り返ると、健気《けなげ》な孫の出迎えに始まり、元気いっぱいの冷やかし、母親の疲れへの気づき、そして布団敷きへと続く連係プレーは、それぞれに見事だった。そんな家族が頼もしかった。夕食後、「お母さんは疲れが溜《た》まっているのかもしれない。今夜は静かに寝かせてあげようね」と子供たちに言うと、一様に神妙な顔つきでうなずいた。誰かが大声を出そうものなら、周囲から「しーっ！」という小声と仕草《しぐさ》に囲まれる。そんな様子をほほ笑ましく見つめた。超わんぱく坊主の将太は、珍しく台所に立ち、娘の横で食器拭《ふ》きを手伝ってくれた。

小さな出来事を通して、家族を思いやる心を育《はぐく》み合えることが嬉《うれ》しい。

翌朝、いつもの通り教会で一番早く起きた妻は、台所に立ち、朝餉《あさげ》の支度に取りかかっていた。まな板を叩《たた》くリズミカルな包丁の音、グツグツ煮える鍋の音と湯気……。元気を取り戻した妻の背中を見て、心からありがたいと思った。

それから数日後に迎えた「母の日」の夜、正夫と将太は、それぞれ小遣いのなかから用意したプレゼントを妻に手渡した。将太が「ありがとう」ではなく、「お母さん、いつもごめんなさい」と、照れくさそうに言った直後に大爆笑が起こった。娘は、妻の留守中にこっそりと、孫や四歳の文也と色紙の切り絵を作っており、それを子供たちと共に贈った。妻はその一つひとつを胸に抱きながら、目を潤《うる》ませていた。

将太の〝心のバケツ〟

私どもの教会の玄関には、金魚、メダカ、メダカの赤ちゃん、カメ、ヤドカリ等の水槽が所狭しと並んでいる。夏になると、これらにカブトムシやクワガタなどの昆虫も加わる。

すべて動物好きの将太の飼育によるものだが、教会を訪れる子供たちは、この光景を楽しんでいる。

私は時折、将太と水槽の掃除をする。朝、数個のバケツに水を入れて日なた水をつくり、夕方、水槽を洗って水を入れ替えるのだ。力もいるし時間もかかるが、命を育てることは疎《おろそ》かにできない。将太にそれを理解してもらうために、一緒に作業をしている。

ある日の夕方、そろそろ水の入れ替えをしなくてはと外へ出ると、将太が浮かない顔をしてバケツをのぞき込んでいる。そして、私の顔を見て「お父さん、このバケツの水、濁《にご》ってる」と言った。

見ると、わずかだが底に泥が溜《た》まり、水もうっすら茶色い。数日前にバケツで泥遊びをしていたようだが、きちんと洗わずに水を入れたのだろう。

「この水は植木に使おう。その後でバケツを洗って、明日もう一度、日なた水をつくろう」と将太に言うと、「うん……」とうなずいた後で「この水は、おいらみたいだ」と、ぽつりと言った。「なんで？」と聞くと、「なんとなく……」と元気がない。

将太はある障害を持ち、思うことを言葉にすることが苦手だ。だから人とのコミュニケーションが取りにくく、心の中がさまざまな感情でいっぱいになると、パニックを起こしてしまうのだ。

バケツの泥水に自分を重ね、心のありようを冷静に表現できたことを、私は褒《ほ》めた。そして、濁り水を見ながら「将太だけじゃない、お父さんも一緒だよ。泥水のようなときがあるよ」と伝えた。

以前、妻がミキサーでミックスジュースを作ったとき、果物が攪拌《かくはん》されていく様子を見ながら「おいらの心みたいだ」と、つぶやいたこともあった。

将太自身が自分の症状に気づいていること、でも自分ではどうにもならないこと、それがつらいこと——そんな心情を察して、私の心は疼《うず》いた。

将太と植木に水をやり、たわしでバケツを洗い、もう一度、水道の水を入れ

た。「今度はきれいな水だね」と話しかけると、「うん」と言って笑顔になった。

人は誰でも悩みや疑問、矛盾や憤《いきどお》りを感じながら生きている。心に鬱積《うっせき》するものを抱えて、叫びたくなるときだってある。それは、バケツの水に泥が入ったような状態かもしれない。適度なストレス解消法を持ち、心をコントロールできれば、バケツの水を入れ替えることもできるのだろうが、その術《すべ》を知らない将太には、心を澄ますのは容易ではない。

私はよく、将太をドライブに誘ったり、キャッチボールをしたりするが、この濁り水の発言以来、二人でいるときは、将太の心の水を入れ替えているのだとイメージするようになった。「大丈夫だよ、分かっているよ」と、心の中で語りかけながらハンドルを握ったり、「さあ、思いっきり投げてこい」と叫んでミットを構えたりしている。

それでも将太のパニックは頻繁に訪れる。あるとき、パニックを起こした将太を、正夫が「一緒にテレビを見よう」と誘い、しばらく付き合ってくれた。部屋から笑い声が聞こえてきて、様子をのぞきに行くと、正夫が将太を抱きかかえてテレビを見ていた。すると、今度は二歳の孫が「にいに……」と言いながら、将太の膝《ひざ》にちょこんと座った。

家族みんなが、それぞれの立場から将太に向き合い、心のバケツの水を入れ替えてくれているように思えた。頼もしい家族だ。

大学生になった正夫

街じゅうが春色に染まりだしたころ、わが家にも、とびっきり嬉《うれ》しい春が訪れた。正夫が大学生になったのだ。

私たち夫婦が里親認定を受けた直後、三歳の正夫を里子として受託した。肉眼では見えないつながりを感じて、夫婦で「おかえりなさい」と言って抱きしめた日から、はや十五年の歳月が過ぎた。

正夫は中学生になると、背丈も成績もぐんぐん伸びた。目指す高校にも早々と推薦入学を決め、三年間、ダンス部で活躍した。

高校一年生のある日の深夜、私に相談があると言ってきた。それは、将来就きたい職業と進学の夢、そして、そのためにアルバイトをしたいという申し出だった。どれも反対する理由はなく、「みんなで協力するから精いっぱい頑張ってごらん」と伝えた。

正夫は、貯金の目標額を設定し、自分で使ってしまわないようにと、給料が振り込まれる銀行の通帳、印鑑、カードを私に託した。そして、私たちが心配になるくらい、勉強、部活、アルバイトに打ち込んだ。

大学受験を間近に控えた昨年秋、深夜に真剣な面持ちで、再び私の部屋にやって来た。そして、目指していた将来の職業と目標大学の変更を打ち明けた。

正夫は、自分が里子として育ってきた経験と、わが家で共に暮らす障害のある里子たちの日常を見てきたことから、児童養護の世界へ進みたいと言った。

それも、障害がある子供たちをケアする仕事に就きたいという。深く考えてのことだろう。真剣な眼差《まなざ》しに、胸に迫るものがあった。この時期に進路変更が間に合うのか、それだけが心配だったが、正夫の思いを尊重して応援すると約束した。

そしてこの春、正夫は見事試験に合格し、大学生となった。入学式の日、記念写真を撮った。ファインダー越しに見るスーツ姿が眩《まぶ》しく、広くなった肩幅に頼もしさを感じた。

正夫は受験勉強と並行して、奨学金制度の申請手続きも自ら手掛けた。正夫の許可を得たので、審査に提出した作文の一部を紹介したい。

「……私が四歳の時、ぐずっている私を母は階段で落ち着かせようとしていた

のですが、それでも私は暴れて、階段から落ちてしまいました。しかし、目を開けた時、私の下にいたのは母でした。母は身を挺《てい》して私を守ってくれたのです。時には厳しい母ですが、どんなことがあっても私を守ってくれる優しい母を尊敬し、憧《あこが》れています。

父は、幼なじみの友人のようです。よく車で送り迎えをしてくれますが、その時の会話から、将来の夢や人間関係についてなど、多くのことを学びました。両親との何げない日常が今の私を形成し、当たり前の毎日に気づける幸せを教《おそ》わりました……」

何枚もの原稿用紙に、今日までの日々の景色が、さりげなくつづられていた。妻と共に読みながら、涙がとめどなく頰《ほお》を伝った。

大学は郊外にあるので、自転車と電車とバスを乗り継いで通学し、アルバイトにも夜遅くまで奮闘している。

先日、珍しく朝寝坊をして電車の時間に間に合わなくなった正夫が、「お父さん、駅まで送って！」と叫んだ。その言葉を聞いた娘が、超高速で特大おにぎりを作り、カップに入れた味噌汁《みそしる》と共に「車の中で食べて」と、正夫に手渡した。

車中、正夫がおにぎりを頬張りながら、「僕は恵まれた大学生だなあ」とほほ笑んだ。私は車を走らせながら、春の日差しに溶けていくような幸せを感じた。甘く香ばしいカフェラテのように、心がじんわりと温かくなった。

優しさ引き出す笑顔

七歳の文也には、いくつかの障害があり、トレーニングやリハビリの専門病院へ通っている。

本人の努力はもちろんだが、私たち里親にも、焦らず根気よく待つことが求められる。今日まで続けたことで姿勢が良くなり、箸《はし》や鉛筆が持てるようになった。最近は洋服のボタン掛けや靴を履《は》くこと、風呂敷などを結ぶことにも挑戦している。

過日、病院で文也の訓練を終え、次回の予約手続きの順番を待っていた。私が腰かける椅子《いす》の脇に、小さな子供用のストレッチャーがあり、中に幼い女の子が横たわっていた。

私と目が合った女の子が、ニコッと笑顔を返してくれたので、「ばぁ」と言いながら顔を近づけると、とても嬉《うれ》しそうに笑った。文也も同じようにのぞき込み、「かわいいね」と言った。

あちこちへ手続きに行っていたのだろう、息を切らして戻ってきた母親は、私たちがあやしている様子を見て「すみません」と言った。

「広い病院、お一人で大変でしょう。かわいいお子さんですね」と声をかけると、母親の瞳《ひとみ》から急に大粒の涙が溢《あふ》れ、バッグからハンカチを取り出して目頭を押さえた。

ここは、心身の重い障害がある子供たちを療育する病院でもある。小さなス

トレッチャーに乗る女の子の体には毛布が掛けられていて、どのような症状なのかは一見しただけでは分からない。

もしかすると、障害のある幼子を抱えた母親は心配も緊張もするし、社会でのお付き合いなどにも悩んでいるかもしれない。不意に言葉をかけられ、張り詰めていた糸が緩《ゆる》んだのかもしれないと、落涙の理由を察した。

「このお子さんには、周りの人を幸せな気持ちにする力がありますね。とっても素敵《すてき》な笑顔ですよ」と言うと、「はい」とうなずき、その後もしばらく、こぼれる涙をハンカチで拭《ぬぐ》った。

ようやく気持ちが落ち着いたのか、背筋を伸ばすように席を立ち、「ありがとうございました。そろそろ帰ります」と言った。

私は天理教の教会長として日々、病気や障害のある方と接している。病気や障害は、長い人生のなかで多くの人が向き合わなくてはならないものの一つである。

そうした〝課題〟が私たちに与えられるのは、神様が人の優しさを引き出すためではないかと思うことがある。

今年二月、東京オリンピック出場を目指していた競泳の池江璃花子《いけえりかこ》選手が白血病と診断され、自身のブログでそのことを公表した。するとすぐに、激励やお見舞いの言葉が彼女に届けられた。それだけでなく、骨髄バンクにドナー登録をする人が増えているというニュースを聞いて、とても嬉しく思った。

つくづく、人は優しく温かいと思う。池江選手への応援のように、みんなが自分の周りにいる病気や障害を抱えた人たちを応援したり、寄り添ったりできたら、どんなに素晴らしい世界になるだろう。

文也の手続きを終えて帰ろうとしたとき、先ほどの女児を連れた母親が私たちのところに戻ってきた。

母親は「さっき声をかけてくださったとき、実家の父に会ったような気持ちになりました。嬉しくて、つい泣いてしまいました。また、いつかお会いできますよね」と、ほほ笑んだ。

「もちろんです。この子も、ここにはしょっちゅう来ています。私たちを見かけたら、ぜひ声をかけてくださいね」と、私も笑顔で答えた。

母親の目には、もう涙はない。しっかりとストレッチャーを握って歩く後ろ姿に、心からエールを送った。

正夫との深夜のひと時

ある日の深夜、事務仕事の合間に台所へ行くと、妻の「ふーん、そうなんだ。でも、よく頑張ってるね」という声が聞こえてきた。話し相手は大学生の正夫で、アルバイトから帰って遅い夕食を取っていた。

私の姿を見た正夫は、憤懣《ふんまん》やるかたない様子で「お父さんも、ちょっと聞いてよ！」と、まだ収まらない憤《いきどお》りを私に向けてきた。

正夫は高校一年生から、大学進学を目指して大手スーパーの鮮魚売り場でアルバイトを始めた。大学に入ってからも学費捻出《ねんしゅつ》のため、夕方から深夜にかけてアルバイトをしている。もう五年も続いていて、定期的な人事で代わる店長や、魚をさばく人などよりも古株になり、店の信用も厚い。

正夫の話は、来店するお客さんについてだった。アルバイトの正夫を相手に商品を値切ろうとし、一定の時間が経《た》った商品に貼《は》る値引きシールを貼ってくれと、無理難題を言ってくるというのだ。そんなとき、自分の立場ではできないと、はっきり伝えているが、今日の客は執拗《しつよう》に食い下がってきたという。正夫は、やるせない思いを家に持ち帰ってきていた。

「そんな無茶を言う人がいるのか」と私が言うと、「いろんな人がいるんだよ」とつぶやいた。

そんな暗い空気を振り払うかのように、妻が「でも、正夫のファンもいるんだよね」と朗らかに言った。すると「今日も夕方に来て、声をかけてくれた

ご苦労さま

よ」と、返答が明るくなった。

妻が言うファンとは老齢のご婦人で、いつも正夫に「ご苦労さま」と声をかけてくれるらしい。「正夫はモテモテだなあ」と私が言うと、ようやく笑顔が戻った。


正夫は今年一月に成人式を迎えた。私たち夫婦が里親になり、初めて里子として迎えたのが三歳の正夫だった。里親と里子の出会いに不思議な縁を感じ、「おかえり」と言って迎え、幼いころは毎日「むぎゅー」と抱きしめた。

あの日から、はや十七年を数える。正夫は見上げるほどの背丈になった。私たち夫婦は、正夫の受託後に、さらに障害のある子供たちを受け入れる里親になり、正夫はいつの間にかスタッフとしての役割も担ってくれるようになった。

そうした体験も心を育てたのか、正夫は将来、障害児支援の仕事に就《つ》きたいと、医療系大学で勉強している。深夜までアルバイトに精を出し、大学生活も楽しもうと、大好きなダンスのサークルに入って活躍している。正夫の心と体には、はち切れそうな夢や希望が詰まっているように思う。

「僕は幸せだよ。こうして話を聞いてもらうだけでも、すっきりするから」と、食事をしながら正夫は言った。そして、「それに、自分が無茶を言う側ではないからね……」と続けた。「正夫は一番大切なことに、ちゃんと気づいているんだなあ」と感心した。

社会で生きていくうえでは、理不尽さを感じたり、やるせない涙に暮れたりする日もある。そんなとき、誰かがそばにいて話に耳を傾けてくれたなら、たとえ事態は解決しなくても気持ちは和《なご》む。

学生の正夫が日々経験する、私が知り得ないさまざまな話に、胸が痛む気持ちにもなるが、深夜のこの会話を、とても愛《いと》おしく感じた。そして妻が、いつも正夫に寄り添いながら話を聞いている日常をも、ありがたく思った。

間もなく大学での勉強に加えて、病院の実習も始まるという。そこには大勢の人たちとの出会いや、さまざまな体験が待ち受けているだろう。今夜のようなひと時があれば、明日もきっと頑張れるに違いない。

文也の登校に付き添う

「ねえ、まん丸の石見つけたよ」

「見て、この花は人の顔みたいだね」

私は毎朝、こんな会話を楽しみながら、小学三年生の文也を学校まで送っている。

文也には弱視などの障害があるため、安全を配慮して、入学以来続けている日課でもある。一人で登校した際に、電柱に頭をぶつけたり、路上駐車の大きなダンプカーに進路を阻まれ、戻ってきたりしたこともあった。

落ちている葉っぱや、通学路の家の塀際に並ぶ植物に興味を示して、しばらくしゃがみ込んでしまうこともある。そんなときは、彼のしたいように、しばらく付き合う。だから毎朝、少し早めに家を出るようにしている。

とあるマンションの前で、別の小学校へ通う少女が文也を待っている。毎朝、同じ時間に会うので、いつの間にか友達になった。

「今日も会えたね。一緒に行こう」と文也に呼びかけ、そこからわずかな道のりを共にする。

少女は、ビニール袋に入った家庭のゴミを集積場へ運んだり、瓶《びん》と缶の資源ゴミを分別ケースに入れたりと、家の手伝いも欠かさない。

「いつもおうちのお手伝いをして、偉いね」と私が言うと、「今朝《けさ》はお母さんが忙しいから、保育園へ行く弟にご飯を食べさせたんだよ」と自慢げに話してくれた。少女の楽しそうな口ぶりから、とても健康な家庭であることが分かる。やがて、二つに分岐する道路で少女と別れると、文也が通う学校の生徒が現れた。「一緒に行こうぜ」と文也の手を取り、共に駆けだす。

私の手から文也の手が離れ、小さな背中を見送りながら「気をつけてね」と声をかける。前方の校門には、生徒を出迎える校長先生の笑顔があり、一礼して帰途に就《つ》く。文也を支えてくれる友達や先生方の心が温かく嬉《うれ》しい。

そんな思いに浸っていると、後方から「白熊さーん」と声が響いた。振り向けば隣町のY婦人。小犬を連れて散歩中のようで、足早に駆け寄り、「その節は、ありがとうございました」と会釈した。

昨年、ある事情を抱えた娘さんが、教会に通ってきていた。いまは地方の会

社に勤め、母と娘は離れて生活している。

「娘さんは元気にしていますか？」と尋ねると、「あれだけ親に心配をかけていながら、いまはどこ吹く風。メールの返信も来ないわ」と、小さくため息をついた。

「私には、お母さんがいてくれてありがたいというメールが来ましたよ。お母さんの気持ちは、彼女の心にちゃんと届いていますよ」と言うと、「そうですね。あの子がいてくれるおかげで幸せなんです」と、ようやく笑顔になった。

登校の付き添いは、文也の安全のために始めたことだが、往復三十分の朝の散歩は、何よりも私自身の健康維持に欠かせない。そして毎朝、誰かと出会って言葉を交わすわずかな時間が、その人の向こうにある〝家族の景色〟にふれられる貴重な時間でもある。

そのとき出会う人たちの今日一日が、健康で幸せなものであってほしいと願う。

数日前の往路、私は急にめまいを起こし、しばらく道端にうずくまっていた。いつもとは逆に、文也が私の傍《かたわ》らにかがんで顔をのぞき込み、「お父さん、大丈夫？」と言って背中をさすってくれた。

文也には、周りの人の気持ちを察することができにくい障害特性もある。背中をさするその小さな手に、めまいのなかでも文也の大きな成長と温《ぬく》もりを感じて、ありがたさが込み上げてきた。

毎朝の付き添いは、神様からのご褒美《ほうび》をいろいろと感じられるひと時でもある。

正夫の夢と巣立ち

東京に桜の開花宣言が出されたころ、わが家にも嬉《うれ》しい春の便りが舞い込んだ。それは、二十二歳の元里子・正夫に届いた「作業療法士国家試験合格」の知らせだ。

正夫は、私たち夫婦が里親活動を志し、初めて受託した当時三歳の里子であり、十八歳で里子としての措置が解除された後も、わが家から大学へ通っていた。

私たち夫婦は正夫の受託以降、行政の要請で資格を得て、障害のある子供のための里親となった。その後に受託した子供たちの様子や、私たちの世話取りの姿を見ながら、正夫の心に子供や障害に向き合う思いが育ったのだろう。大学受験を考えるとき、作業療法士になって、こうした子供たちへの手助けをしたいと、将来の夢を語り、医療系の大学へ進学した。

正夫は高校時代から七年間、少しでも大学の費用の足しになればと、勉強の傍《かたわ》らスーパーマーケットの鮮魚売り場でアルバイトを続けた。真面目で明るい性格の正夫は店でも重宝され、正夫のシフトに合わせて来店するお客さんもいるほどになった。正夫が高校時代に抱いた目標が私には嬉しく、家族みんなで応援してきた七年間でもあった。

国家試験受験日の朝、私は正夫と妻と三人で、教会の神前で参拝し、「受験の日を無事に迎えられたことを、まず感謝しよう」と正夫に言った。正夫は、

「本当にそうだね。ありがとうございます」と言って、しばらく頭《こうべ》を垂れていた。

正夫は昨年、実習に通っていた病院から、すでに就職の打診を受けていた。そのことも、正夫の前向きな姿勢の賜物《たまもの》のように私は感じていた。

何もかもがありがたく、正夫と一緒に就職先の近くにワンルームマンションを探して契約、家具や電化製品をそろえるなど自立の準備をした。正夫は時間をやりくりしながら、自動車運転免許の取得にもチャレンジした。

あるとき、車の助手席で正夫が「社会人になるって大変なんだね」とつぶやいた。私が「そうだね」と言うと、正夫は「でも僕は幸せだよ。ありがとう」とほほ笑んだ。「その言葉が心にあれば、きっとどんなことも乗り越えられると思うよ」と私は付け足した。

社会という大海原には、おそらく理不尽なことや、競争、駆け引きなど、学生時代には経験し得なかった世界が待っているだろう。独り立ちする正夫のことを考えると、心配もたくさん湧《わ》いてくるが、正夫のこつこつと努力する姿は、きっと彼自身を守ってくれるに違いない。それに加えて、人から受けた恩や、今日という日の大きな恩を感じる心こそが、その大海原を泳いでいく力になるだろう。

引っ越し準備の一つひとつにも「ありがとう」と私たちに言う正夫に、私は将来の無事を確信し、そして祈った。

正夫がわが家から旅立った日、がらんとした部屋を見た妻が、「巣立ちは嬉しいけど、寂しい……」とハンカチで目頭を押さえた。正夫の前では決して見せなかった姿だ。その準備を共にしていた私自身が、ずっとこらえていた言葉でもあった。妻には何も答えられず、私も眼鏡を外して涙を拭《ふ》いた。

正夫はその後、書類上の手続きについて私に電話をしてきたり、妻には料理のレシピをメールで尋ねたりしている。

先日、正夫に届ける物があり、妻に伝えると、「ちょっと待ってて」と言って、大急ぎでレモンの蜂蜜漬けとネギ味噌《みそ》を作り、私に託した。妻はあの日以来、涙を見せないが、すぐにでもそばへ行ってやりたいという母親の姿がそこにあった。

助手席に置いた二つの瓶《びん》を見ながら、家族をつなぐ新しい役割ができたことが嬉しかった。

将太、その後…

私たち夫婦が、障害のある里子を養育するようになって久しい。将太にはいくつかの障害があり、二歳から九年間、里子として養育した。

将太が小学校へ入学するころ、運動面に秀でた力を発見した。その特性を生かしたく、少年野球チームに入れたり、成長に応じて柔道や空手を習わせたりして、障害に負けない心身を育《はぐく》もうと取り組んだ。

五年生になり、めきめきと力を付け始めた矢先、彼の将来を考える児童相談所の意向から、将太はわが家を離れることになった。

将太は幼いころからお父さん子で、いつも私にまとわりついていた。それだけに突然の別れがつらく、心にぽっかり穴が空いた日を過ごすことになった。私はスマホの待ち受け画面を、わが家で暮らす里子たちとの写真に設定しているが、スマホを操作するたびに将太の顔を見ては、元気と健康を祈り、スマホを両手で包んだ。

里親には親権がなく、里子の将来については児童相談所の指示に従わざるを得ない。いったん養育の措置が解除されると、里親は連絡する術《すべ》を持つこともできない。出会いも別れも、個人的な計画や思い入れを持てないだけに、すべてが神様による縁を感じる里親生活でもある。

昨年の春、出先にいた私に、妻から「びっくりしないで聞いてね。将太が来ているの」との電話が入った。大急ぎで家に帰ると、私よりはるかに大きくなった将太が、私の帰りを待っていた。

五年ぶりの再会である。「元気にしていたか？」という言葉さえ詰まり、お互いに涙でぐしょぐしょになりながら、私は将太の大きくなった肩を抱いた。

その日、将太は、わが家を離れてからの出来事をぽつりぽつりと話し、現在の住まいや、建築関係の会社で働いていることなどを教えてくれた。「よく頑張ったなあ」と言うと、「俺《おれ》、根性はあるんだぜ」と強がったが、私も将太も目は潤《うる》んでいた。

この日以来、将太は仕事が休みの日などに「ただいま！」と言って、わが家に帰ってくるようになった。年末から正月にかけては、一週間ほど泊まっていった。

教会の年末は、神殿の大掃除などでとても忙しい時期だが、将太は軽々と脚《きゃ》立《たつ》の上に立ち、高い所のほこり払いなど、大活躍をしてくれた。

夜は、テレビを見る時間も惜しんで私たち夫婦と話し、アルバムを引っ張り出しては、わが家で過ごした日々に思いを馳《は》せた。

思いもかけぬ嬉《うれ》しい時間を過ごしていたとき、将太が「お父さん、肩揉《も》もうか?」と言い、凝《こ》った肩を力強く押してくれた。わが家にいたころ、よく揉んでくれたが、大きくなった手と、そこにこもる力に、五年分の成長を感じた。

私の目からじんわりと涙が溢《あふ》れると、「お父さん、すぐ泣くのは変わってないなあ」と将太が笑う。妻が「お父さんはあのころより、もっと涙もろくなってるかもね」とほほ笑むと、「年だね」と言い、揉む力が強くなった。

わが家から帰るとき、「やっぱりここが俺のふるさとだ」と、自らに言い聞

かせるようにつぶやいた。「そうだよ。将太の実家だから、いつでも帰っておいで」と言って背中をさすると、将太は「さあ、明日からまた仕事だ。俺、頑張るからね」と、笑顔で手を振った。

東京に珍しく雪が十センチほど積もった日の深夜、将太から突然、電話がかかってきた。雪のなかでの仕事が大変だったと話した後で、「お父さん、風邪ひかないでね」と言った。「ありがとう」と返しながら、また涙が溢れた。

正月に家族で写真を撮り、スマホの壁紙を五年ぶりに変えた。スマホを操作するたびに将太の顔を見つめ、無事と幸せを祈る日々に変わりはない。

空気のような夫婦

昨年、社会人として巣立った元里子の正夫が、仕事休みを利用して時折わが家に帰ってくる。

あるとき、「お父さんにとって、お母さんはどんな存在なの？」と、里帰りした正夫が聞きに来た。質問の意図も分からないまま、「そうだなあ。空気のような存在かもしれないなあ」と答えると、正夫が大笑いするので、今度は私が「何かおかしかったか？」と尋ねた。「だって、答えがお母さんとまったく一緒だったからだよ」と、また笑った。

妻と結婚して四十数年が経《た》ち、互いに空気のような存在だと思っていることを知って、私も笑った。

「空気のような」とだけ聞くと、いるのかいないのか分からない、なんだか手ごたえのない印象を受けてしまう。だから、正夫には「空気のように、なくてはならない大切な人っていう意味だよ」と付け足した。正夫は「その付け足しも、お母さんと一緒だ」と、三たび笑った。

妻とは長きにわたって喜びや悲しみなどを共有してきた。しかしそれは、私たち夫婦に関するものは少なく、ほとんどが里親として受託する里子たちや、教会長夫婦として関わる人たちに対してのものであったように思う。

私は、人から病気や複雑な事情の相談を受けたときは、教会で生活することを勧めてきた。

教会生活は、朝夕のおつとめを軸とし、生きる喜びを形に表す「ひのきしん」の実践を日課としている。また、教会家族と共に、人のたすかりを神様に願う。そうした生活を通して、いま自分の周りにある、たくさんのありがたいことに気づき、心や体を回復させて社会復帰した人も少なくない。教会での規則正しい食事も回復には欠かせない。

心の病に苦しむ女性が教会生活をするとき、妻は同じ部屋で床に就《つ》き、深夜、苦しさを訴えるその方の背中をさする日々を過ごす。緊急一時保護の子供を受託する場合も、特に幼い子や女の子の場合は、同室で共に夜を過ごしながら、子供たちの緊張した心をほぐしている。

だから夫婦の会話は、そうした人たちのたすかりを願っての話題になるのが常だ。

私は、人への寄り添いに対して、自分たちが描く結果を求めないよう、教会家族に伝えている。寄り添っても思わしい結果を得られることは少なく、時には頭を抱えてしまう出来事に発展することさえある。そうしたときに、結果を求めていると「なぜ?」「どうして?」という疑念が湧《わ》いてしまう。そんなことを考えるより、一人ひとりに出会えたことと、今日も命があることがありがたいと、感謝して過ごしたいと思うからだ。

今夜も、そろそろ教会家族が寝静まった。夫婦でお礼のおつとめを勤め、私はパソコンに向かい、日中にはできない仕事に取りかかる。妻は同じ部屋で、里子の衣類の繕いをしている。とっても静かな夜だ。

すると妻が、正夫に彼女ができて、お付き合いしていることを教えてくれた。正夫は、わが家にいたときから妻には何でも話していたが、いまもそれを続けていることが嬉《うれ》しく、まだ見ぬ彼女の存在をありがたく思った。

そして、正夫の質問にも合点がいった。正夫にとって彼女は、かけがえのない存在に違いない。若き時代は、喜びにも悩みにも全力でぶつかりながら、二人の世界を築いていくことだろう。質問の意図も分からずに答えたが、決して的外れの答えではなく、お互いに、なくてはならない大切な関係になってくれたらと願った。

私がパソコンを閉じると、妻も針を置き、夜食にと葛湯《くずゆ》を作ってくれた。湯気も空気も、とても柔らかく温かい晩だった。

つながり合って

Hさんが遺したほほ笑み

今年の正月三が日も教会で慌《あわ》ただしく御用をつとめ終えたころ、Hさんが入院している病院から緊急電話が入った。妻と共に駆けつけ、二人でHさんの両手を包むと、すっかり安心したような穏やかな顔つきになり、静かに息を引き取られた。

若いころから心臓に大きな病気を持ち、それがきっかけで、ご主人と共に私どもの教会につながるようになったHさん。数年前に頼りとするご主人を亡くし、その後は、教会にお参りに来ては数日間滞在する日を過ごしていた。

教会は人も多く、特に預かっている里子たちの元気さを考えると、とても療養生活には適さない環境に思えたが、Hさんは賑《にぎ》やかな教会が嬉《うれ》しいと言い、教会生活を楽しんでくれていた。

昨年暮れに参拝に来て、その翌朝に体調を崩した。教会近くの救急病院に入院したが、もし一人暮らしのHさんが自宅にいたらと考えると、心配な出来事のなかにも、ありがたさを感じた。

Hさんは、同年配の人たちから「みーちゃん」と呼ばれ、教会の子供たちからは「みーおばちゃん」と慕われた。体は弱かったが、そんなことはおくびにも出さず、いつも明るい笑顔と屈託のない笑い声で多くの人に好かれた。

葬儀の日、教会の信者仲間が弔辞《ちょうじ》に立った。そのなかで「あなたは体が弱く、入退院と手術を繰り返しましたが、その都度、不思議なご守護を頂いて、この世に舞い戻ってきました。前会長さんが、『体は弱くても病気に強いなあ』と感心されていた言葉の通りです。あなたの明るい性格と前向きな姿に、神様が命を与えてくださったのでしょうね。今日まで本当によく頑張りましたね」と、ありし日を振り返りながら彼女の人生をたたえた。

弔辞のなかの前会長というのは私の父だ。病弱だった父は、同じように体の弱いHさんに言った。「病とは闘わんでいい。病がありがたいのや」と。そして、一生懸命に教会へ通ってくるHさんのことを褒《ほ》めた。

父にもHさんにも、もう尋ねることはできないが、この身がいつ、どこで、どうなってしまうか分からないからこそ、毎日生かされている命は尊い。だから二人は、明るく、強く生きることができたのだと思う。弔辞を聞きながら、父とHさんの会話を懐かしく思い出した。

私は、Hさんの自宅がある町内の方たちにも、これまでHさんがお世話になったことへのお礼と、教会で葬儀を行う旨を伝えて回った。

十数軒の人たちが遠路、教会を訪れて参列された。口々に「明るい方でした」「子供たちによく声をかけてくれました」と、日ごろのHさんの様子を話してくださり、なかには幼い子供を同伴して、お別れに来てくださった方もいた。

Hさんは身寄りも少なく、参列者は教会の仲間とご近所の方たちが主だったが、その人柄を表すような、温かさが感じられるお別れの儀式となった。

告別式でHさんに花を手向《たむ》けた後、みんなが柩《ひつぎ》を中心に輪になった。その瞬間、二歳になる私の孫がトコトコ近づき、柩の中をのぞいた。そして、おもむ

ねんねこ
ねんねこよー

ろに横に座ったかと思うと、柩をトントンしながら、

「ゆーイかボのうーたを　カーナリヤがうーたうよ
ねーんねこ　ねーんねこ　ねーんねこよー」

と、自分がいつも母親にしてもらっているように、子守歌を歌いだした。

思いがけない優しい葬送曲に、一同がハンカチで目頭を押さえた。

私もたっぷり泣いた。そして涙を拭《ぬぐ》ったら、Hさんの笑顔が心に浮かんできた。人生の大半を病み患いの床にいたが、皆の心に遺《のこ》したのは、忘れられぬほほ笑みだった。

〝ナナメの関係〟の人

Ｉさんは、まだ子供の愛らしさを残し、落ち着いた大人の雰囲気も併せ持つ、二十歳をいくつか過ぎた娘さん。ご両親は天理教の教会長夫妻で、私たち夫婦と同じく里親活動をする仲間でもある。

Ｉさんは私に、自分の兄弟として育つ里子たちのことや、心に抱える悩みなどを、いつごろからかメールで相談してくるようになった。私にはメールのやりとりをする人が何人かいるが、彼女は、私が使ったことのない絵文字やＬＩＮＥのスタンプなどを教えてくれた〝メールの師匠〟でもある。

昨秋、そのIさんから電話があった。いつも元気なIさんが、電話の向こうで泣いている。「どうしたの？」と聞いても泣きやむ気配がなく、私は、その声にじっと耳を傾けていた。

やがて、気持ちが落ち着いてくると、お父さんが転んで腕を骨折し、かなり重傷であることを、ぽつりぽつりと語り始めた。深刻な状況ではあるが、病院で手当てを受けて、いまは面会もできるようになり、何よりも気持ちが元気なので嬉《うれ》しいと、少し明るくなった口調で話した。

母親からは、大変だけれど喜べることがいっぱいあると言われ、自分でもそう思うように努力していることも教えてくれた。そして「痛そうなお父さんの姿を見ていると、かわいそうでつらいけど、懸命に付き添っているお母さんの前では泣けなくて……」と、また泣き声に変わった。

私は「いっぱい泣いたらいいよ」と言い、そのまま黙ってスマートフォンに耳をつけていた。長い時間泣き続けたIさんは、「スッとしました。ありがとうございました」と言って電話を切った。

また、ある日の電話では、Iさんの教会で長い間信仰してこられた〝おじいちゃん〟が亡くなったと知らせてくれた。幼いころから可愛《かわい》がってもらい、Iさんも実の祖父のように慕っていたという。

このときもIさんは、さまざまな思い出を語りながら、電話の向こうで泣いていた。

私は「幸せなおじいちゃんだね。こんなに慕ってくれる、孫のようなあなたがいて。大切な人を見送るというのは、その人との思い出をたくさん心に浮かべながら感謝すること。たっぷり泣きながら心の中でお礼が言えたら、それが何より尊いと思う」と伝えた。

翌日、Iさんから「お礼の手紙をしたためて柩《ひつぎ》に納めました」とメールが来た。

私の前では泣き虫のIさんだが、どんな状況でも両親を思う心を大切にし、ささやかなアドバイスにも「分かった」と言える素直さも持つ。だから私は、泣き声を聞いていても、心の中ではいつも安心している。

Iさんは私の声を聞くと、時々、思いっきり泣きたくなるとも言う。

親しくしている臨床心理士の方から、「人には、親子や職場の上司と部下というタテの関係にも、友達や同僚というヨコの関係にも属さない、ナナメの位置にいる人が必要なときがある」という話を聞いたことがある。Iさんにとっ

ナナメの関係

て私は、その〝ナナメの関係〟の人なのかもしれない。

人には誰だって無性に泣きたいときがある。思いっきり泣いたら、また頑張れるに違いない。


昨年末、Iさんからメールがあった。お父さんが退院され、家族そろって天理教教会本部へお礼参拝に行くとのこと。メールには、ハッピーなスタンプが添えられていた。

電話で退院祝いを告げると、「本当に嬉しい……」と絶句し、この日ばかりは嬉し泣きの声を聞くことができた。

コツコツ響く〝丸い音〟

目の前に一冊の本が差し出された。ページをめくると活字はなく、真っ白なページに小さな凸点《とってん》が並ぶ。

「ここからが白熊さんのエッセイで、私が点訳を担当したんですよ」とFさんは教えてくれた。この点の連なりのなかにエッセイの景色が入っていると思うと、とても愛《いと》おしく、しばらく指先で点をなぞった。

この本は、天理教社会福祉課内の点字文庫が発行している『ひかり』という雑誌だ。なんと創刊から六十年以上経《た》つという。毎月九十部を手作りしており、視力を失って点字で本を読む人たちに送付されていると聞く。

もちろん私は点字を読むことができない。しかし、指先で何度も点に触れていると、この本を読む人たちの指先の温《ぬく》もりが伝わってくるように感じた。

Fさんは私を製作室に案内してくれた。そして、古くから使われているという点字器に紙をセットし、「点字を打ってみますか？」と尋ねた。

点筆《てんぴつ》という道具を手渡され、五十音表を見ながら「しらくま」と打ってみた。点筆が紙を押し出すコツコツという音が、私の心に柔らかく丸く響いた。

最近は、パソコンで入力した点字を専用のプリンターで出力し、さらに複写もできるとの説明を受け、その作業もひと通り見せてもらった。プリンターが打ち出す点字はリズムが良く、やっぱり〝丸い音〟がした。

この後、一冊の本に仕上げられていく過程を見ながら、長い時間と、携わる

人たちの温かさが込められていることを知った。この本の到着を待ち遠しく思う人たちの気持ちも伝わってくる。

天理教点字文庫には音訳室があり、各種の本を音声化した「録音図書」が製作されていることも知った。手渡された一枚のＣＤに私のエッセイも収録されており、再生すると朗読が流れ、やはり心に景色が浮かぶ。

私の書くエッセイが形を変えて目の不自由な人たちに届けられているという説明を受け、私は嬉《うれ》しくなり心が弾んだ。窓の外を歩く小学生の黄色い傘の上で雨粒が躍るように……。

Ｆさんは、聴覚障害者と会話をするための手話通訳も手掛けている。また、ここ社会福祉課には、肢体障害者のために車いすが用意されているほか、ギャンブルやアルコール依存症、精神疾患、認知症、発達障害などの当事者やその家族を支援するための学びの場も用意されている。さらに、私が地域で活動する里親や保護司、教誨師《きょうかいし》などの連盟もある。

この建物の扉は、さまざまな障害や生きづらさを感じる人たちへ、夢と希望を届けるために大きく開かれているのだ。

Fさんに、福祉との出合いについて聞くと、高校の点字クラブに入ったことがきっかけで、学生時代は盲学校の生徒と点字で文通していたという。

「点字は私の人生そのもので、もう切り離すことはできません。いまも点字を打つコツコツという音が大好きで、その音に、おやさまのお心を乗せて、一人でも多くの方に届けたい」とほほ笑む。

わが家の里子・文也《ふみや》には自閉症があり、弱視でもある。毎朝、手をつないで学校まで送っていくのが私の日課の一つだ。普通に歩けば十分ほどの距離を、何度も休憩しながら通う。

休憩するたびに、しゃがみ込んでは小さな花やアリに目を近づけ、「お父さん！」と私を呼ぶ。日々のスケジュールに追われる私に、神様がプレゼントしてくださった豊かな時間だと思って楽しんでいる。

一文字ずつ点筆で点を打ち込むように、文也との時間を大切に刻みたい。コツコツと〝丸い音〟を響かせながら……。

異国で出会った少女と再会

「先生、私ナオコです。分かりますか?」

受話器から聞こえる懐かしい声の主は、私と妻が若き日、ブラジルの日本語学校で教師をしていたときの生徒だった。当時まだ小学生だった彼女の、あどけない顔がすぐに浮かんだ(ここでは時計を当時に戻して〝直子ちゃん〟と記すことにする)。

直子ちゃんは日系二世のブラジル人だが、日本人の彼氏と出会って結婚し、現在は日本で暮らしている。私は数年前、里親として子供たちと過ごす日々の情景をつづった『家族を紡いで』（道友社刊）という詩文集を上梓《じょうし》したが、その本を読み、夫婦で里親を始めたと聞いて、えも言われぬ嬉《うれ》しさが込み上げてきた。

夫婦が所属する里親会に、話をしに来てほしいというのが電話の内容だった。断る理由などなく、二つ返事で引き受けた。

今年の四月、その会場を訪ね、直子ちゃんとご主人に会った。少女のころの面影が残る直子ちゃんとは、懐かしさのあまりブラジル流にハグをしながらのあいさつとなり、三十数年の時空を飛び越えて、当時の教師と教え子に戻った。

その日、講演を終えた私に、夫婦は現在養育している三人の里子を紹介してくれた。元気にあいさつする子供たちの屈託ない笑顔に、夫婦がたっぷりとかけている愛情を感じた。

翌日は、ご主人の運転で観光地を案内してくれた。私が住む東京は、すでに初夏のような陽気だったが、その地にはまだ雪が残り、大自然の景色を堪能《たんのう》した。足元にフキノトウが群生し、二人はそれを摘《つ》んで、大好物だという私にお土産《みやげ》として持たせてくれた。

車中でも食事のときも、懐かしいブラジルのことや、養育する子供たちのことなど話題は尽きなかった。

私たち夫婦がブラジルで出会った子供たちとは年々、連絡が途絶えていったが、子供たち同士はいまもつながっている。直子ちゃんは、誰それが結婚したとか、その相手のことや、住んでいる場所まで、詳しい近況を教えてくれた。一人ひとりの顔が浮かんでくるが、それはもちろん子供のときの顔で、いまの様子は想像すらできない。

直子ちゃん夫婦に見送られ、その地を離れた数日後、直子ちゃんからメールが届いた。そこには「子供のころ迷惑ばかりかけて、遅くなったけど、ごめんなさい」と書かれていた。

思春期には誰にもある出来事なのに、いまでもそのことを覚えてくれている。立派な大人に、そして頼もしい母親になったと感じた。

メールには、これからも子供たちのことで相談に乗ってほしい、とも書かれていた。以後、里子たちの様子を時折知らせてくれる。

若い夫婦が、三人の里子たちの親として、日々心を砕きながら養育している情景が目に浮かぶ。そのことを、私は何よりも尊く思い、彼女からのメールそのものが嬉しいと返信している。

子供を育てる日々は、喜びも多いが、悩みも尽きることはないだろう。親は子供の表情や仕草《しぐさ》に一喜一憂し、右往左往するものだ。

時折、さまざまな方から子供の養育について相談を受けるが、私は個々の悩みに応えることよりも、その方たちの気持ちに寄り添いたいと常々考えている。どんな悩みも気軽に打ち明けてもらえるように——。

直子ちゃんのメールには、自分を育ててくれた親への感謝の思いも溢《あふ》れていた。これさえあれば何も心配はいらない。子供たちを抱きしめて生きる若い夫婦を、いつまでも私の心の中で抱きしめていたい。

〝心のゴミ箱〟に

よしずがつくる、しま模様の日が差すプールサイド。そこにたたずむR子さんは、少し疲れた様子だった。声をかけると、プールで遊ぶ子供を見つめながら、子供に障害があることや身の上話などを、ぽつりぽつりと聞かせてくれた。

昨年の夏、天理で開催されるイベント「こどもおぢばがえり」に参加したときのこと。数年前にご主人に先立たれ、会社勤めをしながら子育てをしてきた話は、聞いているだけで胸に迫るものがあった。

「私でよければ、これからどんなことでもお話しください。心に溜《た》まったものを吐き出すだけで楽になると思いますよ」と伝えると、「嬉《うれ》しいです。ありがとうございます」と笑顔を浮かべた。

それから時折、R子さんはメールや電話で近況を知らせてくれるようになった。子供のことや、家庭の状況を理解してもらえない会社の人たちの話が主なものだった。私はR子さんに約束した通り、メールを読み、電話の声に耳を傾けるだけに徹した。

日常生活では毎日ゴミが溜まるもの。それらをゴミ箱に捨てることで、部屋の清潔さや快適さを保つことができる。人の心にも、社会生活や人間関係などでイラ立ちや息苦しさなどが溜まってくる。それを受け入れる〝心のゴミ箱〟が、誰にも必要だ。

私はよく、疲れているであろう妻の状態を察して、「ゴミ箱になろうか?」

と声をかける。と言いながら、時には妻の話を聞くうちに、一緒になってゴミを吐き出してしまうこともあり、自分の未熟さを痛感する。部屋の隅にちょこんとあるゴミ箱は、人の心を受け入れる役割の難しさを私に教えてくれる。

R子さんのメールは続いた。数カ月経《た》った昨年の師走、「そろそろ私と一緒に、つらさの渦から抜け出しませんか?」と尋ねてみた。即座に「抜け出せるものなら抜け出したいです」と返事があった。

そこで私は、「今日も厳しい一日だったと思うけれど、じっくりと振り返ってみれば、こんな言葉に救われたとか、『ありがたかったなあ』と思ったことはありませんか? もしあったら、私に教えてくれませんか?」と再び尋ねた。

しばらくすると、「時々パニックを起こす子供が、今日はとっても穏やかに過ごしてくれて、会社から帰ると『お母さん、おかえり』と言ってくれました」という報告が届いた。

私はすぐに「ありがとう。つらさだけで一日を終わらせてしまうと、せっかくのありがたい出来事が見失われてしまうところでしたね。子供さんの素敵《すてき》な言動に気づけてよかったです。実は、こうして、ありがたいこと、よかったことに気づくことが、負の連鎖を止めて、明るい人生へと切り替えるきっかけになると私は思っています」と返信した。

翌日から、彼女のメールの内容が大きく変わった。

年末のメールには、「子供が楽しそうにゲームをしています。つい大変なことばかりに心を奪われてしまいますが、考えてみると、穏やかな日のほうが多いのですね」とあった。大晦日《おおみそか》には「愚痴《ぐち》や不足をいっぱい聞いてもらったおかげで、会社勤めや子育てもでき、自分の幸せにも気づくことができました。いま、子供と楽しくお笑い番組を見ています。今年のつらかった出来事が嘘《うそ》のように、楽しく幸せな気持ちで年を越せそうです」と、一年を締めくくるお礼が届いた。

R子さんの環境は変わっていない。だが、生き方は大きく変わった。いま彼女の人生は、明るく幸せな循環へと切り替わっている。

今夜も数通のメールを読み、返信を終えた。足元のゴミ箱に「ありがとう」とつぶやいた。

ありがとう

心はつながり合える

スーパーマーケットの出入り口で、偶然出会った近所の婦人と立ち話をしていると、横からよちよち歩きの男の子が現れ、ばたっと転んだ。婦人が慌《あわ》てて起こそうとすると、後ろから「触らないで！」と、女性の声が大きく響いた。母親と思《おぼ》しきその女性は、泣きだした子供を抱き、足早にその場を立ち去った。

私が婦人の心情を察し見つめると、婦人は「いまは人に接触してはいけないときだもの、迂闊《うかつ》だったわ」と言い、「それにしても……」と言葉を続けたい様子だった。「コロナ時代の対応は難しいですね」と私がほほ笑むと、マスクの下から「そうね」と笑顔が返ってきた。

東京都内の新型コロナウイルスの新規感染者数が、第二波のピークを過ぎた後も連日、百から二百人台と下げ止まりの状態が続いていた昨秋の出来事だった。

行政などの呼びかけにより、マスクの着用や手指の消毒は定着したものの、感染症は終息の糸口さえ見えず、人々は不安の渦のなかにいた。この出来事から私は、いままでの何げない行動を見直し、さまざまな場面で新しい生活様式が求められることを痛感した。

私どもの教会では、コロナ期に入ってから急激に家族が増えた。児童相談所からの依頼で、急増する一時保護の子供たちを次々と受託したり、職をなくし、教会を頼ってこられた方を受け入れたりしたからである。

都会の小さな教会で、住まう人数が増えることは、人との距離を保つことを求める社会に対して、とても責任を感じる。教会家族で、さまざまな感染症対策を申し合わせた。

緊張感漂う日常になったが、そんななかでも、みんな優しかった。子供たちが疲れた様子の大人を、「おじちゃん、大丈夫?」と気づかったり、年配の方や一時保護の少年たちが、幼い子供たちを遊ばせてくれたりする様子を嬉《うれ》しく眺めた。

一時保護としてひと時、家族の一員になった高校生のA君は、夜になると、いつまでも私たち夫婦のそばから離れずにいた。その日に学校であったことや、

だいじょうぶ？
アリガトー
だいじょうぶ？

お昼に食べたパンのおいしさ、部活動のこと、ほのかに思いを寄せる女の子がいることなど、話題は尽きなかった。

子供たちは、親にたくさん話を聞いてもらいたいのだ。いつ終わるとも分からないA君の話に、毎晩のように耳と心を傾けながら、この子の家庭では、家族の間に相当な心の距離があったのだろうと想像した。せめてわが家にいる間は、心ゆくまで話したらいいと思い、その時間を大切にした。

こうした折、以前に保護観察対象者として世話取りをしていた少年の母親からメールが届いた。彼は立派な青年となり、結婚もしていた。子供が生まれたとのことで、彼が赤ちゃんを抱いた写真が添えられていた。すぐにでも会いに行きたい気持ちを抑えながら、彼の立ち直りと、いま母親とつながってくれていることを嬉しく思った。

A君は巣立ちの日、「この家に来てよかった。ずっと忘れません」と、瞳《ひとみ》から溢《あふ》れる大粒の涙を袖《そで》で拭《ぬぐ》いながら、わが家を後にした。握手やハグしたい思いをグッとこらえ、腕タッチをして別れた。

人との距離を取らなければならない新しい生活様式のなかでも、心はしっかりとつながり合いたいと思う。冒頭の婦人は後日、「あのとき白熊さんが横にいてくれてよかった。誰も悪くないのに、文句を言ってしまうところだったわ」と話してくれた。

距離を保ちながらも、さりげないひと言で人はつながることを、コロナは教えてくれているのかもしれない。

物を大切にする南の島の夫婦

昨年の春、窓際の花壇に植えた風船かずらの種が、夏には窓を覆う〝グリーンカーテン〟となり、エコの役を担った。そこに風船のような実がたくさんつき、緑の葉を通り抜けた柔らかい日差しや風とともに、心を和《なご》ませてくれた。茶色く染まった実から種を取り出していた初秋のころ、「先生、子供が誕生しました」と、嬉《うれ》しい知らせが届いた。

メールは、はるか遠くカリブ海のフランス海外県マルティニーク島に住む、マンガタル春菜《はるな》さんからだった。

春菜さんは、私が五年前に天理教の修養科で講師を務めた際に、クラスにいた女性の一人だ。当時、すでに日系フランス人の彼との結婚が決まっており、修養科を了《お》えて彼の元へ嫁いだ。

その後、エメラルドグリーンの海をバックにした彼とのツーショットや、和服姿の結婚式の写真などをメールで送ってくれている。彼女の笑顔は、すっかり現地に溶け込んだ雰囲気を醸《かも》し出している。

日本から遠く離れた所へ嫁ぐのは、相当な困難を伴うことだろう。しかし、彼の誠実さと優しさがそれを上回り、冬が苦手な彼女は、「常夏《とこなつ》の島で彼と一緒に過ごすことをイメージできた」と話した。「両親からも、あなたが選んだ人だから大丈夫と祝福され、胸が締めつけられた」と言葉を詰まらせた。そして「彼は物を大切にする人なんです」と、彼に惹《ひ》かれたもう一つの理由も教えてくれた。

春菜さんは、修養科中はペットボトルの飲料を使わず、いつもリュックに水筒をしのばせていた。彼が環境問題に対する意識が高く、その影響を受けたそうだ。

「ゴミを減らす生活」をテーマにした本なども私に紹介してくれた。日本のお土産《みやげ》を用意するときは、過剰包装にもったいなさを感じると言い、誕生した赤ちゃんには布おむつを使っていると聞いて、頭の下がる思いがした。

最近のメールには、「砂の霧」と呼ばれるサハラ砂漠からの砂塵《さじん》が、これまでになく飛んでくるという話題もある。砂は大気中の汚染物質をくっ付けて飛来するので、目や鼻や喉《のど》がかゆくなったり、頭痛に悩んだりする日もあるとのこと。

また、アマゾンの森林伐採や畜産物の肥育ホルモン剤が間接的に海洋汚染につながり、増殖する海藻の悪臭に悩む日もあるらしい。添えられた写真は、その深刻さを物語っており、心が痛んだ。若い夫婦が、小さな島に忍び寄る環境破壊を体感しながら、物を大切にし、ゴミを減らす努力をしていることに尊さを感じる。

春菜さんは「世界はみんなつながっているから、自分も知らないところで他の国の誰かに迷惑をかけているかもしれない。この島に来てから、大好きな海や美しい自然を子供の代に残してあげたいと思うようになったんです」と話す。

春菜さんとの電話やメールのやりとりには、地球儀が欠かせない。クルクルと回しながら、あらためて世界はみんなつながっていることに感じ入り、私自身の生き方を自らに問うこともある。日ごろ子供たちと一緒に約束している、物を大切にすることや、早朝の教会周りの掃除にも、もっと「世界」を意識したいと思う。

新型コロナウイルス感染症の蔓延《まんえん》により、日本への里帰りもままならず、寂しいかと思いきや、春菜さんは味噌《みそ》や和菓子なども手作りして家族に喜ばれていると、電話の声はとても明るい。環境問題も感染症問題も、地球規模の対策が急がれるが、個々の努力と工夫、そして愛情こそが何よりも大切だと、春菜さんとの会話から学んだ。

風船かずらは、カリブ海が眼下に広がる瀟洒《しょうしゃ》な家にも、きっと似合うだろう。黒い球状に白いハートの形が浮かぶ愛らしい風船かずらの種を両手で包みながら、遠い南の島に思いを馳《は》せて幸せを祈った。

万年筆でしたためる手紙

私の事務机のペン皿には、六本の万年筆が並んでいる。亡き父や敬愛する義兄の形見、学生時代にアルバイトをして買ったもの、拙作の出版お祝いに頂戴《ちょうだい》したものなど、どれも思い入れが深い。

万年筆の傍《かたわ》らには、インクの瓶《びん》が五本並ぶ。私はブルーブラックの色が好きで愛用しているが、この五本はメーカーごとに微妙に趣《おもむき》が異なる。六本の万年筆は、ペン先が細いものから極太まであり、その時々によって万年筆とインクを選びながら手紙をしたためている。

たとえば、傷心にたたずんでいる人には、元気になるようにと願いを込めて、少し太めの文字を明るめのインクで、というように。相手は気づかないかもしれないが、日課に追われる日常で、私が大切にしている祈りのひと時でもある。

日ごろ私のスマートフォンには、多くの人から相談の電話が入ったり、悩みを打ち明けるメールが届いたりする。通話やメールのやりとりで事足りる場合もあるが、時には、きちんと文章にして伝えたいと思うこともある。

殊《こと》に、新型コロナウイルス感染症が流行し始めてからは、手紙を書く機会が増えた。定期的にお会いしていた人と会いにくくなったためでもある。

手紙を書いても一方通行の場合が多いが、「手紙着きました」とメールが来ればそれで十分だし、そのあとに感謝の言葉があれば、なお安堵《あんど》の気持ちが湧《わ》く。たまに郵便受けに返信が届いたりすると、飛び上がるほど嬉《うれ》しくなる。

若き日、私は妻と共に長期間、ブラジルで生活した体験を持つ。携帯電話もインターネットもない時代、国際電話は高額で簡単にはかけられず、通信手段は手紙しかなかった。私と妻の双方の両親と、たくさん手紙のやりとりをした。届いた手紙には私たちへの親心が溢《あふ》れており、それが筆跡やインクの染みからも感じられ、繰り返し読んだものだ。そうした経験が、手紙の大切さを知る原点になっていると思う。

私は地域で保護司を務めており、数多くの青少年と付き合いがある。保護観察の面接を通して親しくなり、その後もメールなどで近況を知らせてくれる子供や親御さんも少なくない。

その一人であるT君は、関与してしまった事件のことで、いつも自分を責めていた。私は面接のたびに、彼の良いところを褒《ほ》め、励ますことを心がけていた。

あるとき、肩を落として帰る彼の後ろ姿が気になり、その日の面接で話したことを、あらためて手紙で伝えることにした。その後、少しずつT君の笑顔が見られるようになった。

母親からも、「Tにとって生まれて初めてもらった手紙かもしれません。それが、あんなに自分のことを認めて応援してくれている手紙だったから、嬉しかったと思います」と電話があった。私の手紙を部屋の壁に貼《は》り、毎日それを読んでから勤めに向かっていることを知った。

あの日から数年経《た》った昨年、T君は、お付き合いをしていた彼女と結婚した。

「コロナ感染症の蔓延《まんえん》で身内だけの結婚式だったけれど、本当は白熊さんにも来てもらいたかった」と彼から電話があった。

その夜、私は彼に二通目となる手紙をしたためた。お祝いの気持ちとともに、この日を迎えるまでの彼の努力をたたえ、そして、今日まで陰から心を配り、支えてくれた母親へのお礼を忘れぬようにと、老婆心を添えた。

数日後、母親から電話があった。「Tが白熊さんの手紙を見せてくれて、『お母さん、今日までありがとう』と言ってくれたんです」と涙声で話された。

彼に宛《あ》てたお祝いの手紙は、彼のために探し求めたロイヤルブルーのインクを使った。

宿泊療養先のホテルで

新型コロナウイルス感染症の第七波が猛烈な勢いで日本全土を襲っていたある日、私は喉《のど》に痛みを感じ、不安な気持ちからPCR検査を受けた。結果、二日後に陽性を知らせるメールが届き、ホテルで一週間、宿泊療養をすることになった。

諸々《もろもろ》の手続きを済ませると、感染者用のタクシーが、わが家まで迎えに来てくれた。運転手さんは防護服をまとっているものの、感染リスクは少なくない。日夜こうした仕事をしている方の存在を知り、頭が下がった。

ホテルの部屋で療養中の注意事項を読むと、定期的に体温や酸素濃度を報告することのほかに、弁当の受け取り以外は部屋から出てはいけないこと、ホテル内で会う人と会話をしてはいけないことなどが細かく書かれていた。どれも当然のことだが、隙《すき》のない感染対策に緊張感を持った。

いつも大勢の教会家族と賑《にぎ》やかに過ごしている私には、隔離生活は寂しいが、妻は私の体調を心配して毎日電話をかけてくれる。娘はビデオ通話で孫や里子に会わせてくれた。スマートフォンから伝わる元気いっぱいの子供たちの声が、ホテルの一室に嬉《うれ》しく響いた。

幸いにも、喉の痛み以外の症状はなかったため、日常の会議などはパソコンを使ってのオンライン参加になった。ディスプレイに映る仲間からのお見舞いや激励の言葉が心に沁《し》みた。

食事の時間になると館内放送があり、用意された弁当を指定場所へ受け取りに行く。あるとき、その列のなかに杖《つえ》を突く老齢の男性がいることに気づいた。療養者は弁当やお茶を持ち、数台の電子レンジの前に並び、弁当を温めて部屋へ持ち帰るのだが、杖を突きながらの作業は不自由に違いない。声をかけたいが会話を禁じられているため、何もできないことがもどかしかった。

自分の弁当を部屋へ持ち帰ってからも、その人のことが気になった。何か役に立てる方法はないだろうかと思案し、メモ用紙に「お弁当を温めましょうか？　手は消毒しています」と書いた。

次の食事受け取り時間に、近づいてメモを見せた。その人は、両手で杖の柄《え》を挟んで合掌し、深々とお辞儀をした。でも、その後で自分の胸を叩《たた》き、片手でOKサインを出した。「大丈夫、自分でできます」というジェスチャーである。ホテルで療養中の身でありながら、余計なことをしてしまったと思い、今度は私が頭を下げた。すると、自分の顔の前で何度も手を振った。マスク姿ではあるが、ほほ笑んでいることも分かった。

次の食事時間からも、その人は私と会うと、声は出さないものの片手を上げてあいさつをしてくれた。ひと言の会話を交わすこともなかったが、とても嬉しいひと時になった。

私は常々、どんなことのなかにもありがたさが必ず潜んでいて、それに気づくことが大切だと思っている。時につらさや悲しさが、それを拒んでしまうこともあるが、時間の経過とともにありがたさが染み出てきたりする。

感染もホテル療養も非日常の体験だったが、そのなかにも、たくさんのありがたさに気づいた。感染対策に努めてくださっている人たちの尊い働きを知り、日ごろの何げない会話や雑談がどれほど大切なことかを感じた。また、直接会話できずとも、人は通じ合えることも分かった。

療養生活を終えてホテルから外へ出た瞬間、真夏の都会の蒸し暑さを予想していた私を、優しく心地《ここち》よい風が迎えてくれた。思いっきり体を伸ばして深呼吸すると、ありがたさが体じゅうを巡るような気がした。

わが家へ帰り着いたとき、出迎えてくれた家族の「おかえりなさい」の声がひときわ心に弾んだ。

129 —— 宿泊療養先のホテルで

Yさんの幸せ

冬の日差しのなかに、ほんのり春の訪れを感じたある日、Yさんから手紙が届いた。いつも通りの小さな文字で近況や最近の気持ちが、ぎっしりとつづられている。初めて出会った十年前とは比べものにならないくらい、ありがたさや喜びが溢《あふ》れていて、Yさんにもようやく春が来たような気がした。

Yさんは私の娘よりも若い女性だが、電話やメールより手紙でのやりとりを好む。私はYさんに、喜びを知らせてくれたお礼とともに、Yさんの生き方をエッセイに書いてみたいと手紙にしたためた。

後日、Yさんから「名前を出さないでもらえるのなら、ぜひ書いてください。私と同じような悩みを抱えた人のためになることを祈って……」との返信があった。Yさんの気持ちを大切にしながら、このエッセイをつづりたい。

彼女は幼いころに両親と別れ、児童養護施設で子供時代を過ごした。十八歳になって自立したものの、なお孤独な生活が続いた。経済的に困窮するなか、精神的にも疲れを感じ、自らの人生を呪《のろ》うようにさえなっていった。

そんなころ、アパートの郵便受けに『人間いきいき通信』(天理時報特別号)が投函《とうかん》されていた。たまたまその号に、私が連載していた「家族のハーモニー」があり、内容は、私たち夫婦が取り組む里親をテーマにしたものだった。

彼女はそれを読みながら、わが家で暮らす里子と自分の気持ちが重なり、この文章を書いている私に会ってみたいと思った。近所の天理教の教会を訪ねて、私どもの教会の電話番号を聞き、それが私とつながるきっかけとなった。

私は、彼女からかかってきた初めての電話で、これまでの様子を聞き、お会いすることを約束した。彼女の住まいが関西地方だったので、天理駅で待ち合わせることにした。前もって伝えていた服装の私を見つけた彼女は、小走りに近づいてきて、初めての対面となった。

私は彼女を天理教教会本部の神殿へ案内し、参拝ののち礼拝場の片隅で、電話では伝えきれなかったであろうこれまでの体験や、いま抱えている病気の話などを聞いた。ハンカチで目頭を押さえながらの話に、私もハンカチが手放せなくなった。その後、病気の回復を祈る「おさづけ」を彼女に取り次ぎ、駅まで見送った。

ようこそ
おかえり
天理教教会本部
インフォメーションセンター

私が「来てくれてありがとう」と言うと、「お会いできてよかったです」と、その日初めて笑みを浮かべた。

以来、彼女は、近況やその時々の気持ちを手紙で知らせてくれるようになった。私はその都度、彼女の努力をたたえ、手紙のなかから喜びの種を探して伝え続けた。

会った直後の手紙には、生きていてよかったと書かれていた。またあるときは、おさづけの温かさを時々思い出すともあった。

私の電話番号を尋ねた近所の教会へ参拝に行くことを勧めると、彼女はそれも実行してくれた。やがて手紙のなかには、私が探さなくても、自分で見つけた小さな喜びがつづられるようになった。

そうしたころ、彼女が幼少期に暮らした施設でお世話になった元職員から連絡が入った。その方は、Yさんが姉のように慕っていた人だった。ある理由から退職し、会えなくなってしまったものの、その方はずっとYさんのことを心配していたという。そして、現在勤めている施設に来てお手伝いをしてほしいと、Yさんを呼び寄せることとなった。Yさんはその方のそばで心が元気になり、仕事も少しずつできるようになっていった。

今回届いた手紙には「幸せです」の文字も浮かぶ。

人生の深い闇《やみ》から明るい場所へ出てきたYさん。その元をたどると、小さな「ありがたさ」に気づいたことに行き当たる。

幸せは境遇ではなく、ほんの小さな気づきにあることが、彼女の細かい文字の行間から溢《あふ》れてくる。

受け継がれるもの

本当の生き方を学ぶ日々

真っ青な空に映える新緑の山並み。その手前に大きな神殿がどっしりと座り、参拝に訪れる人々を迎えてくれる。この景色を見るたびに、神様が両手を広げて抱きかかえてくださるような、穏やかな気持ちになる。

いま私は、奈良県天理市にある天理教教会本部の、修養科というところで講師を務めている。三カ月間、東京の自教会を離れて単身赴任中だが、毎日見るこの光景は、私の心に栄養を注ぎ込んでくれる。

修養科とは、人間創造の元の場所である親里・ぢばで、親神様《おやがみさま》の教えを心に治め、実践しながら、人間の本当の生き方を学ぶところ。十七歳以上であれば誰でも入ることができ、健康な人も、病気や事情を抱えた人も、互いにたすけ合いながら明るく陽気に修養に励んでいる。

それまでの環境も人生経験もさまざまな老若男女が、信仰を芯《しん》に日々、喜びや感激を共にする生活は、おのずと一つの〝家族〟のようになる。だから、そのお世話をする私も皆が愛《いと》おしい。

この修養科で私は、おやさま（教祖・中山みき様）ご自身が身をもって歩まれた人間のお手本ともいうべき生き方を、『稿本天理教教祖伝』をもとに教えている。

教会でも毎日拝読している本だが、あらためてじっくり向き合うと、おやさまのお言葉の一つひとつに溢《あふ》れる親心が感じられ、行間からじんわりと温かさ

天理教教祖伝
教祖伝

が伝わってくる。読むたびに込み上げてくるものがあり、目頭が熱くなる。

おやさまのお話を、落涙を耐えながらお伝えすることは、至難の業《わざ》だ。

元来、涙腺《るいせん》が弱く、すぐに目が潤《うる》む。教会でも、テレビで感動的なシーンが流れると、家族はテレビよりも私に注目し、「お父さん、また泣いてる！」と冷やかされる。

教会を発《た》つ前に、妻が「あなた、教祖伝の授業、泣かないでできそう？」と聞いてきた。

「そんなの心配いらないよ、大丈夫」と答えると、そばにいた里子の正夫《まさお》が「無理だな」とつぶやき、その場に笑いが広がった。

授業中、私の話を聞いている修養科生が、時々ハンカチを取り出して目元を押さえている。その様子に、私ももらい泣きをしてしまう。妻の心配は図に当たり、悔《くや》しいかな、正夫の言葉通りになってしまった。

明治十五年の秋、もう命がないというところをたすけていただいた婦人が、家族に伴われ、苦労に苦労を重ねておぢばへ帰り、ようやくおやさまにお会いすることができた。その喜びは一入《ひとしお》で、嬉《うれ》しさのあまり、すすり泣きが止まらなかった。すると、おやさまは「おぢばは、泣く所やないで。ここは喜ぶ所や」と仰せられたという。

まぶたを閉じて当時に思いを馳《は》せる。ほほ笑みを浮かべておられるおやさまに、優しく見つめられ、嬉し涙を流した婦人は、やがて笑顔を取り戻す。心に喜びを満たして地元へ帰り、きっとその後の人生は、明るく陽気に暮らしたことだろう。

授業では、おやさまのお話をもとに自らの人生を振り返り、いま目の前にある喜びの一つひとつに気づくことが大切だと話す。その喜びをもって、自らのたすかりから、人さまのたすかりを祈る生き方へと〝人生の舵《かじ》〟を切ってもらう。

だから、ここで学び共に流す涙は宝物だ。それぞれ地元へ戻る日には、満面の笑みが見られるように教えの真理を伝えたい。

今日も教室に入る前に、廊下で深呼吸する。私を迎えに来てくれた修養科生がその様子をまね、思わず顔を見合わせてほほ笑んだ。その彼女の手にも、しっかりとハンカチが握りしめられていた。

バトンと鼓笛隊のコラボ

高校・短大とバトン部に所属していた私の娘・あゆみが、せっかく習得した知識と技術を地域の子供たちのために生かしたいと、支部のバトンチームを結成してから五年が経《た》つ。現在は人数も二十人近くになり、東京で行われるコンクールに出場したり、地元の福祉施設の夏祭りなどにも積極的に参加したりしている。

練習の都度、娘は子供たちに、元気にあいさつをすることや、家庭でのお手伝いの大切さ、この活動の裏にはたくさんの人の支えがあることなどを伝え、親御さんからも大変喜ばれている。

娘と子供たちには大きな夢があった。毎年夏に天理で開催される「こどもおぢばがえり」のパレードに出ることだ。しかし、バトンチームだけでの出場は難しく、遠い夢でもあった。

今年の春、三重県にいる甥《おい》と姪《めい》から娘に連絡が入った。二人は、私の弟が会長を務める教会の鼓笛隊のスタッフで、この鼓笛隊にはバトンチームがないことから「一緒にパレードに出場しないか」というお誘いだった。

それからは、当日の演奏曲を、三重県の教会では鼓笛隊が、東京ではバトンチームが、それぞれ別々に練習する日が続いた。時にはインターネットを使って同時に練習することもあり、その発想や取り組みのユニークさに感心させられた。

こうして迎えた、こどもおぢばがえり。娘と子供たちは、念願だった夜の「おやさとパレード」への出場を果たした。スポットライトを浴び、観客席の大声援を受けながら、堂々と披露した。

頰《ほお》を伝う涙を拭《ぬぐ》うことを忘れるほど、私は感動した。夢に向かって頑張った子供たちに、心から拍手を送った。そして、住まう地域は離れていても、つながり合えるということを、二つのチームが実証してくれたように思った。

翌日には「鼓笛オンパレード」の審査を受けた。演奏・演技を終え、二つのチームがお互いをたたえ合った後、甥が私のところに来て言った。

「東京の伯父《おじ》さん。今回、鼓笛隊とバトンチームがコラボできて本当によかった。実はね、僕たちとあゆみちゃんがこれをやったのには、もう一つの目的が

郵 便 は が き

料金受取人払郵便

天理局
承 認

142

差出有効期間
令和８年２月
28日まで

６ ３ ２ ８ ７ ９ ０

日本郵便天理郵便局 私書箱30号
天理教道友社

「おかえり 続・家族日和」
係行

※書ける範囲で結構です。

お名前	（男・女） 歳
ご住所（〒 - ）電話	
ご職業	関心のある 出版分野は

天理教信者の方は、次の中から該当する立場に○をつけてください。
•教会長 •教会長夫人 •布教所長 •教会役員
•教人 •よふぼく •その他（ ）

ご購読ありがとうございました。今後の参考にさせていただきますので、下の項目についてご意見・ご感想をお聞かせください。
※なお、匿名で広告等に掲載させていただく場合がございます。

この本の出版を何でお知りになりましたか。

1．『天理時報』『みちのとも』を見て
2．インターネットを見て
3．人にすすめられて
4．書店の店頭で見て（書店名　　　　　　　　　　　　）
5．その他（　　　　　　　　　　　　　　　　　　　　）

本書についてのご感想をお聞かせください。

道友社の出版物について、または今後刊行を希望される出版物について、ご意見がありましたらお書きください。

ご協力ありがとうございました。

あったんだよ。もうすぐ東京のおじいちゃんの十年祭でしょ。大好きなおじいちゃんに、孫たちが頑張っているよって、伝えたかったんだ」と。

甥の言う通り、今年は父が亡くなってから十年目を迎え、間もなくその年祭を執り行う。

父は、自らの病弱な体と向き合いながら、いつも陰に回って人を立て、控えめで地味な生き方をしていた。しかし、いったん人だすけに向かえば、なりふり構わず自らのすべてを捧《ささ》げるような一生でもあった。信者さんたちにも慕われたが、殊《こと》に孫たちには、その優しさと信仰への真っすぐな姿勢が伝わり、かけがえのない存在であった。

私の知らないところで甥や姪と娘が、おじいちゃんに喜んでもらおうと、心を合わせて取り組んでいたことを知り、胸が熱くなった。

空を見上げれば、雲一つない真夏の晴天。父が大好きだった真っ青な空だ。

「お父さん、今日のパレードを見ましたか。お父さんを大好きな孫たちが、いまでは子供たちを育てる側に回っています。お父さんの人だすけの心は、一人ひとりに伝わっています。ありがとうございます」

空に向かって、こうつぶやいた。

「あゆみねーちゃーん！　やったあ！」

パレードの表彰式で金賞の賞状を手にした子供たちが娘にしがみつき、娘は子供たちを抱きしめた。感動の涙はとどまることを知らぬかのように、子供たちからも娘からも流れ落ち、夏の日差しに輝いた。

亡き父への手紙

「あの日から、もう十年が経《た》つのですね。僕は今年、還暦を迎え、孫もでき、じいじと呼ばれるようになりました……」

あの日とは、父の亡くなった日を指す。私どもの教会で昨秋、父の十年祭を勤めた。その前夜、教会には信者さんや親戚《しんせき》が集まり、ささやかな宴《うたげ》も催したが、私はその場を抜け出し、父の形見の万年筆に久しぶりにインクを蓄え、亡き父に手紙をしたためた。

「あの日の前日、二人で話をしましたね。以前から僕は、一度きちんとお父さんと向き合い、お礼を言いたいと思っていたのです。だけどそれは、当時の僕には照れくささもあり、少し勇気もいることでした。でも、あのときは思いきって、今日まで育ててくださったことへのお礼を言うことができました。

お父さんは、『もうおまえには何も言うことはないし、してほしいこともない。結構な人生やった。あとをよろしく頼む』と言いました。そのとき、僕の目から堰《せき》を切ったように涙が溢《あふ》れ、止めることができませんでした……」

父はその言葉のあと、ベッドからおもむろに痩《や》せ細った腕を出して、私に握手を求めてきたのだ。細い腕に体じゅうの力を集めたかのように力強く、そして、とても長く感じた握手だった。

これが、父が亡くなる前日の出来事であった。それは父と交わした最後の会話となり、握手になった。

私はこの手紙を書くまで、生前の父にお礼を言えてよかったと、勝手に思い込んでいた。でも、手紙を書きながら、あることに気がついた。それは、私がお礼を言ったのではなく、父の人生が、息子にお礼を言わせたのだと——。

私の幼少期、祖父が会長を務める教会は、ある事情から困窮を極めていた。そんな状況のなか、父は神様を信じ、人だすけの道を選んだ。そして、私たち幼い子供には、コップ一杯の水のおいしさ、日々お与えいただく食べ物の命のありがたさを語り、励まし続けた。経済的に不自由でも心が貧しくならないよう、たくさんの夢を話して育ててくれた。
「これが結構なんや、これがありがたいのや」と、どんななかにも喜びがあることを伝え、ささやかな食事にも「おいしい」を連発し、家族みんなで分け合って食べる喜びを言葉に表した。そして、ひとたび病人や複雑な事情を抱える人に出会えば、自らの命をも賭《と》した気迫をもって、おたすけに当たった。

もちろん、これらの生き方はすべて、おやさまの教えに基づくものである。生来、病弱な父は、命がけで、自らの実践をもって私に信仰を伝えてくれた。のちに、父は教会長になり、父を慕う人々の協力を得て神殿が建ち上がった。私は、幼いころ父から聞いた夢の実現を目《ま》の当たりにした。

その壮絶な人生と求道の歩みが、私にお礼を言わせたのだと気づかされた。

握手をしながら父が言った、「あとをよろしく頼む」の言葉にも、新たな気づきがあった。この日、食堂から聞こえてくる子供たちの賑《にぎ》やかな声のなかに、父が頼むと言った本意が聞こえた気がしたのだ。それは、私に伝えてくれた信仰を、次代を引き継ぐ若い人たちにしっかり伝えよ、という意味ではなかったかと。

人を育てるということについて、父は晩年、盆栽に鋏《はさみ》を入れながら、「二十年、三十年先の姿を夢見ながら、一緒に育つ努力をせよ」と私に言ったことがあった。

十年祭の前日、私の手紙のなかの父は、忘れかけていた大切なことを思い出させてくれた。翌日、霊前に手紙を供えて参拝したとき、毎日見ているはずの遺影が、なぜかいつもより安らかな笑顔に見えた。

認知症の母の笑顔

十二年前に父が亡くなった後、寂しさを忘れようとしているかのように、母は少しずつ、新しいことから記憶を失っていった。その症状と、時折宙を見つめる様子を心配して受診すると、医者から、アルツハイマー型認知症と告げられた。

母は常々、教会の留守番や、参拝に来る方の接待をしてくれていたが、それもできなくなる。それに加えて今後、母を介護する日常を想像して、私は腕を組み、思案に暮れた。

母の症状は、物忘れ、妄想、徘徊《はいかい》など、病院から渡された認知症のパンフレット通りに、月々年々、進んでいった。

ちょっと目を離した隙《すき》に居なくなり、家族総出で近所を捜し回ったりもした。ようやく見つけて連れ帰ると、母は「おかあさんの具合が悪いから、様子を見に行った」「おかあさんが一人だから、早く帰って夕飯の支度をしないといけないの」などと話した。いつも母の話には、実母と義母の二人が登場した。もちろん二人とも、母の遠い記憶にあるだけで、この世にはいない。

人にはそれぞれ〝記憶の壺《つぼ》〟があり、その壺が満杯になったために、数分前のことさえ水がこぼれるように忘れていくのだと、認知症について病院で教えられた。徘徊中でも、壺に残る古い記憶をたぐり寄せ、その都度、二人のお母さんを思う姿に、母の健気《けなげ》さを感じた。

およそ十年の歳月を経て、母はベッドか車いすに身を置くだけの生活になった。すでに長男の私のことさえ分からず、言葉も忘れたのか、何を聞いても無言のままの日もある。

妻と娘はこの十年間、母の介護を中心に日々のスケジュールを組み、懸命に世話をしてくれている。ベッドから身を起こして車いすに乗せるのは、かなりの力仕事だが、それには娘婿《むこ》も惜しみなく力を貸してくれる。

また、車いすに乗った母が食堂に現れると、四歳になる孫（母から見て、ひ孫）が「おばあちゃん、おはよう」と言って近づき、時には〝いないいないばあ〟をして母と遊ぶ。母の顔に笑みが戻るひと時だ。

孫はさらに手を握ったり、おもちゃを机に並べたりしながら、友達と遊ぶようにおばあちゃんと遊ぶ。母の笑い声に教会家族が笑い、ほっとするひと時でもある。ほかの誰もできない、孫ならではの役割に私は感謝している。

私も毎朝、母の手と顔を温かいタオルで拭《ふ》く。母の手をタオルで包むと、その都度、間もなく九十年を迎える母の人生を思わざるを得ない。戦争と兄の戦死、戦後に結婚してからは、病弱な夫の看病と赤貧の時代……。そんななか、私たち兄弟を育ててくれた手である。血色の良い手と顔ではあるが、刻まれた皺《しわ》の深さには人生の重みを感じる。

私はいつも、幼い里子や孫をむぎゅーと抱きしめるが、母の手と顔拭きの時間も、同じような感情が込み上げてくる。そんなときは私の心が伝わるのか、何も語らなくなった母の口から「ありがとう」のひと言が小さくこぼれる。

数日前の夜、妻が、車いすに座る母の前で童謡を歌っていた。妻が「おかあさん、すごいね。〽春のうららの隅田川（『花』）も、〽夕焼け小焼けで日が暮れて（『夕焼け小焼け』）も、一緒に歌えたね」と、ほほ笑みながら言った。母も、とびっきりの笑顔だった。

母の記憶の壺には、新しいことは入らないだろうし、長い間使い込んだためにひびが入り、古い記憶さえこぼれてしまっている気がする。しかし、家族みんなが関わることで、そのひびが塞《ふさ》がっているようにも感じる。

ありがたい家族に囲まれ、母の笑顔は今日も優しい。

正二さんの生きた証し

正二《しょうじ》さんは、九歳年上の私のいとこ。子供のときからやんちゃで、若いころは奈良県の自宅から東京のわが家まで、何日もかけて自転車で来たことがある。玄関に立つ正二さんの顔は、汗と排気ガスと長旅による日焼けで真っ黒だった。

その後もオートバイや真っ赤な自動車で不意に訪れるなど、いつも正二さんには〝驚き〟が一緒についてきた。

何の連絡もなく突然やって来ては、玄関先で大声で叫ぶので、私たち兄弟は、「嵐《あらし》が来た！」と言って顔を見合わせた。辺り構わず「繁一！」と呼び、無理

Shigekazu!

難題を言うので、滞在中はいつもハラハラしていた。

正二さんはメカに強く、私が青年期になると、何台かのポンコツバイクの部品を合体させて一台のバイクを作った。私が初めて入手した軽自動車も彼の〝作品〟だった。趣味の域を超えて、板金や塗装までこなす腕はプロ級だ。電気製品などの修理もお手のもので、どんな状態でも見事に復活させた。

その手際の良さに見とれていると、「人間は神様が造ったものやから治せんけど、機械は人間が作ったものやから、人間が直せるんや」と豪語した。その迫力ある言葉に「なるほど」とうなずいてしまった。

その正二さんは、結婚して三人の子供を授かった。そして、母親が務めていた天理教教会の会長を継いだが、間もなく離婚。幼い子供を引き取り、子育て生活に入った。

東京にいる信者さん宅を回るために、赤ちゃんを抱いて私の家に来たり、子供たちが大きくなると、何日分もの食事を作り置きして、電話で食べ方を指示したりしていた。

厳しい父親と優しい母親の役を一人でこなす正二さん。彼の親心によって、三人の子供は真っすぐ育った。いまはそれぞれ家庭を持ち、孫が九人もいる。

私たち夫婦が里親を始めると、力強い応援団となってくれた。わが家へ来るたびに、お菓子や自作のおもちゃを持参して、子供たちを楽しませた。里子たちには、かつての「嵐」ではなく、心優しい〝足長おじさん〟だった。

数年前に重い病気を患った正二さんは、古くなった教会の移転普請をして、会長を長男に譲った。

新築なった教会を訪ねると、病み上がりだというのにパワーショベルを操り、敷地の整理に汗を流していた。心配で休むように言うと、「寝ているより、動いていたほうが楽なんや」と、運転席から例の大声で答えた。

昨年末、とうとう病に伏せってしまった。彼を見舞い、しばらく雑談を交わした。私が帰ろうとすると、「寂しいから、もっといてくれ」と、いままで聞いたことのない弱音を漏《も》らした。

そして間もなく、彼の長男から訃報《ふほう》が入った。あのか細い声でのやりとりが、最後の会話になってしまった。

賑《にぎ》やかなことが大好きだった正二さんにふさわしく、子や孫たちに囲まれて、眠るように逝《い》ったと聞いた。

告別式で、長男が「父は、私たち子供に何もしてやれなかったと言いました。

でも、今日まで育ててくれた父に、何もしてあげられなかったのは私たちのほうです。部活に行くときは、必ず弁当を作ってくれました。あの甘い卵焼きの味が忘れられません」と言って、言葉を詰まらせた。斎場に、すすり泣く声が静かに響いた。優しく穏やかな子供たち、元気な孫たちの存在は、正二さんの生きた証しだ。

葬儀を終えて深夜、東京へ帰る電車のなかで「僕のほうが寂しいよ」と心の中でつぶやいた。すると、いつも通りのにこやかな顔で「すまん、すまん」と言う正二さんの顔が、まぶたに浮かんだ。

心に刻む母の手

　母の部屋の窓辺に、季節外れの一輪の白い朝顔が咲いた初秋の日、母の長い人生の幕が降りた。

　妻や娘夫婦に手を握られ、背中をさすられながら、眠るがごとく、静かで穏やかな最期だった。

　その前日、訪問診療の医師から血圧低下の指摘があり、私は母のベッドの横に布団を敷いて寝ることにした。とはいうものの、消え入りそうな小さな息が気になり、母の手を握りながら、その温かさを確かめる長い夜となった。

か細い手を握っていると、さまざまな思い出が心に浮かんでくる。

まだ自宅に冷蔵庫がなかった幼少期、病弱な父が寝込むたびに、母に連れられて氷を買いに行った。話しかけることもできないくらいの急ぎ足で、前だけを向く母の顔。つないだ手からは、緊張が伝わってきた。

小学生のころ、算数の授業が嫌《いや》で嫌でたまらず、校庭の芝生《しばふ》で寝転んでいると、学校から家に連絡が入り、母が迎えに来た。さぞかし怒られると思いきや、「お母ちゃんも算数は大っ嫌いや」と大笑いし、手をつないで帰った。母の笑顔のおかげで、授業のエスケープは一度きりとなった。

中学生のとき、クラブ活動中に右腕を骨折した。母は私の左手に箸《はし》や鉛筆を持たせ、その手を上から握ってくれた。そして、「どんなに時間がかかってもいい。あなたのペースを大事にしなさい」と言った。

その後、母に手を握られた記憶は思い出せない。

十年前に母が認知症を患い、今度は私が母の手を取りながら歩き、車いすに乗せ、ベッドに寝かせる日が続いた。最近は、私が誰であるのかさえ分からなくなったが、介護する妻や娘夫婦と共に、私も毎朝、母の手と顔を温かいタオルで拭《ふ》いた。手を拭くたびに、母に育ててもらったありがたさを感じる大切な時間となった。


母が亡くなり、葬儀までの数日、大勢の方々が弔問《ちょうもん》に来てくださった。

ある女性は、冷たくなった母の手を両手で包み、「先生……」と涙を流した。もうはるか昔のことだが、母は当時、子供たちにオルガンを教えていた。そのときの教え子の一人だという。

「先生は絵も上手《じょうず》で、よく教えてもらいました。でも、私が先生から本当に教えてもらったのは〝優しい心〟かもしれません。どんなときも『○○ちゃん』と言って、よく手を握ってくれました」と、涙を拭《ぬぐ》った。

母の一生を振り返ると、若いころは戦争と戦後の混乱期、結婚してからも経済的に不自由な時代が続き、病弱な夫の看病に明け暮れた。きっと一人で泣いた日もあっただろう。

でも、私たち子供の前では、小さな喜びに目を向けながら「ありがたい」と口にした。近所の子供たちを集め、特技を生かして心を育《はぐく》んだ。

告別式の日、幼い孫（母からは、ひ孫）や里子が、それぞれに絵を描いて、柩《ひつぎ》に納めてくれた。孫の絵は、おばあちゃんと手をつないだ姿だった。八十九年の人生の最後まで、常に人の手を握りしめていた母だった。

いよいよお別れのとき、もう一度、母の手にふれた。長きにわたり大勢の人々の心を育ててくれた、ありがたい手、働き者の手、偉大な手だと思った。しっかりと握りしめ、心に刻んだ。

「ありがとうございました。お母さん」

母を見送る日は、長い間居座った秋雨前線が去り、洗いたてのような澄みわたる秋空だった。青空も、白い朝顔も、参列の方々の涙も、何もかもが母の人生を如実に物語っていた。

祈りに包まれた自粛の日々

今年初めから世界中に新型コロナウイルスの感染症が広がり、日本でも緊急事態宣言が出され、自粛生活が長く続いた。

そんな春先のある日、私どもの教会の神床《かんどこ》(神様をお祀《まつ》りしている場所)に、一枚の紙が置かれていた。手に取ると、「おやさま、ころなにかかったひとをなおしてくれてありがとう。いつかころなをへらしてください。おねがいします。こうたろうより」と、鉛筆の文字で大きく書かれていた。

小学一年生の孫・晃太朗から、おやさまへの手紙だった。

大人は日ごとに増加する感染者数を憂い、深刻なニュースに固唾《かたず》をのむ思いでいた。たまたまテレビで流れた、感染症が治癒《ちゆ》した人の言葉を聞いて、その人に代わって神様にお礼を言い、そしてコロナウイルスを減らしてくださいとの切なる願いを込めた手紙に、健気《けなげ》さを感じた。

晃太朗は、入学式の翌日から休校が続き、母親である娘に文字や算数を教《おそ》わっていた。手紙は、その用紙の裏紙を使ったもので、覚えたてのひらがなを書くことが嬉《うれ》しかったのだろう、元気のいい文字だった。

新型コロナウイルス感染症は、人々の生活様式をがらりと変えた。マスクの着用や手洗いの励行、手指の消毒に意識が注がれ、人が集まること、接すること、密閉空間になることを避けるよう呼びかけられた。もとより教会には、人が集まり、人と接する場面が数多くある。言い知れぬ切なさを感じながらも、行政の方針に沿い、教会に参ってくださる方には自粛してもらうことにした。

私は日ごろ、外出先から帰ると、出迎えてくれる幼い里子や孫を「ただいま、むぎゅー」と言って抱きしめていたが、それもできず、愛《いと》おしさゆえの〝むぎゅー〟を我慢する日を送った。

外出も人との会話もしにくくなったが、電話やメール、手紙を使って、人とつながり合うことを、妻や娘夫婦と申し合わせた。また、感染症の終息と、世界中の人々や教会につながる方たちの無事を神様にお祈りしようと皆と約束し、その祈りの時間を大切にしてきた。

神様に毎日お願いする家族の姿を、晃太朗も心に刻んでいたのであろう。手紙をお供えした後で、一人で長い間拝をしていたと、娘から聞いた。

教会家族の配慮により、信者さんたちから近況を知らせるメールや手紙が毎日届くようになった。

「教会には行けないけれど、電話で日参します」「感染リスクの高い介護の現場ですが、働けることがありがたいです」「昨日は子供たちとお菓子作りをして楽しみました」「わが家では男性陣が昼食作りを担当しています」

困難な状況のなか、心を込めて働く人、工夫しながら家族と心を通わせている人たちの様子が嬉しく、ほのぼのとした情景が心に浮かんだ。

私は早朝に教会周辺の掃除をしている。いまは自粛生活のさなかだが、その範囲を少し広げることにした。毎日続けていると、近所の家の窓から「白熊さん、ご苦労さまです」と、老婦人から声がかかり、「町をきれいにしてくれてありがとう」と、ウオーキングをする男性が声をかけてくれた。みんなマスク

Smile

姿だが、その下にある笑顔は想像できる。

　ウイルスは極微で、どこにあるか分からないがゆえに、ややもすれば恐怖感が伴う。一方で、人は神様への祈りなどの目に見えない世界を信じることもできる。

「〇〇ばあちゃん、げんきですか？　ぼくはげんきです。ころながなくなったらあおうね。げんきでね」

　高齢の信者宅に向かう私に、晃太朗が手紙を託した。今日も祈りと温かい心に包まれる、家族との日常が嬉しい。

分娩室に流れたおつとめの音

一年間、丹精したバラの木に、今年も深紅の花がこぼれるように咲いた五月初旬、娘夫婦に女児が誕生した。

昨年、妊娠の報告を受けたときは、新型コロナウイルス感染症の第二波により、社会全体に重たい空気が立ち込めていた。そうした状況のなかにも、いろいろな方から、結婚式は挙げられないけれど入籍したという報告があったり、無事に出産できたと新生児の写真が送られてきたりと、変わらぬ日常があった。私は娘夫婦に喜びを伝え、今後の協力を約束した。

昨年来、巣ごもりが多くなった家庭で虐待やDVが増えているという。里親をしている私たち夫婦も、行き場を失った子供たちの一時保護を児童相談所から委託された。私たちは、娘夫婦と社会の役に立たせていただこうと申し合わせ、依頼されるままに次々と子供たちを引き受けた。

また教会には、感染症の事情から職や住まいを失った人も滞在している。娘は妊娠中の身でありながらも、妻と共に食事の世話や洗濯など、その時々に自分にできることを、かいがいしくやってくれた。

そうして迎えた出産だった。

おやさまは、「人をたすけて我《わ》が身たすかる」とお教えくだされている。人のたすかりを神様に願い、自らの心や体を、人に喜んでもらえるように使おうと努めるうちに、結果として自分がたすけていただいている、という意味だ。

子供たちの一時保護や、行き場のない人の受け入れは、時にさまざまな困難を抱えることもある。しかし、生活を共にしながら、少しずつ笑顔を取り戻していく姿に、思わぬ喜びを発見して心が癒《い》やされる。まさに、私自身がたすけていただいていることを実感する。

娘は七年前に第一子を授かった直後、自らの命をも覚悟しなければならない病気になった経験を持つ。それだけに、心配な出産であったが、娘夫婦は、教会で受け入れる人たちへの親身な世話取りを通じて、安産というご褒美《ほうび》を神様から頂戴《ちょうだい》したのだと思う。

また、第一子出産時のことを知る多くの人たちから、祈りと応援があったこともありがたかった。

緊急事態宣言下での出産は、家族の付き添いさえ許されなかったが、産院の配慮で分娩室《ぶんべんしつ》と電話がつながり、音声を聞くことができた。スマートフォンから聞こえてくる産院スタッフの声に感謝しながら、教会の朝づとめが始まった。そして、おつとめが終わると同時に元気な産声《うぶごえ》が聞こえてきた。

出産後、娘から「リモート出産のおかげで、分娩台でおつとめの音を聞きながら、心を落ち着けて出産することができました。厳しい状況の今だからこその経験だなあって感じます。ありがとうございました」とのメールが届いた。

分娩室に流れたおつとめの音と、おつとめ終了直後に聞こえた産声は、神様から娘と私たちへの最高の贈り物となった。

娘夫婦は、誕生した子供を「つむぎ」と命名した。その名前を聞いたとき、嬉《うれ》しくて目頭が熱くなった。

オギャ〜
オギャ〜

私は数年前に『家族を紡いで』（道友社刊）という本を上梓《じょうし》した。わが家で育つ里子たちが将来、家庭を持つ日を迎えたときに、家族を優しく包み込める大きな布のような人になってほしい。里親とは、その糸紡ぎのようなものかもしれないと心に浮かび、本のタイトルにした。

娘夫婦も、これからさまざまな人と出会い、その人たちの幸せを願って糸紡ぎの人生を送ってくれることだろう。「つむぎ」という命名そのものが、私の心を優しく包んでくれた。

これからも人に寄り添う生き方をしようと、娘から送られた孫の写真を見ながら、心に誓った。

義兄から受け継いだ命のバトン

私は周りの人たちから「くまさん」と呼ばれて久しい。それは「白熊」という、一風変わった名字に由来する。そして、私には大勢の人から「ぞうさん」と慕われる義兄がいて、それは「知三《ともぞう》」という名前に由来している。

知三さんは私より一歳上で、若いころは一緒に仕事をする機会が多く、私たちはよく「ぞうさん、くまさん」と、漫才コンビのように呼ばれた。

知三さんは学生時代、アメリカの大学で哲学を学び、その後はさまざまな場面で通訳を務めるほど英語に精通し、頭脳明晰《めいせき》だった。ギター演奏や絵を描く

ま

ことなど多彩な趣味を持ち、文筆にも人並み優れた才能を発揮した。

何よりも穏やかな性格で、人に優しく、人との縁を大切にした。下戸《げこ》だけれども、気を配って宴席を盛り上げるなど、お酒も宴《うたげ》も大好きな私とは楽しみ方を異にしていた。だから私としては、コンビのように呼ばれることがとても気恥ずかしく、申し訳なくさえ思っていた。そして、目標に向かって努力を惜しまない姿勢に、私は後々、大きく影響を受けた。

私たちが若いころ、知三さんは夫婦で天理教のアメリカ伝道庁に赴任し、その後は天理教教会本部で海外布教や人材育成などの要職に就《つ》いた。一方の私は、夫婦でブラジルへ渡り、日本語学校の教師を務め、その後は東京で教会長となった。私たちは共に、親から天理教の信仰を受け継ぎ、人だすけの人生を歩んできた。

私は知三さんに会うたびに、その時々に抱えている悩みや、人への寄り添いの様子などを聞いてもらった。知三さんはその都度、真剣に耳を傾け、私のそうした日常を応援してくれていた。その姿がいつも優しく温かくて、嬉《うれ》しかった。

知三さんは、数年前から病と向き合っていた。お見舞いに行くと、奥さんを横に、窓から見える景色を愛《め》でていた。ひと口の食事と、寄り添う奥さんに感謝し、何に対しても「ありがたい」と笑顔を絶やさなかった。

今年の梅雨を迎えたある日、「もう、よしえ（奥さん）に来生のプロポーズを済ませたんや。だから、あとは親神様に委ねるだけや」と言った。

そして七月一日午前十一時過ぎ、車中にいる私の携帯に、妻から泣き声だけの電話があった。すべてを察して私も一人、涙を拭《ぬぐ》った。

その日、私は、ある病気を患っている方の家へ向かっていた。妻の心情を察し、家に戻ろうかとも思ったが、知三さんはきっと、この人だすけを応援してくれているに違いないと思い直し、唇を噛《か》みしめ目的地に向かった。

葬儀の日、喪主を務めた奥さんが、あいさつに立った。「主人が遺《のこ》した走り書きのメモがあったので、それを読んで、あいさつに代えたいと存じます」と前置きし、その文を読んだ。

「もし生前、私の無神経な言動で傷つけた方があれば、一人ひとりに直接お会いし、素直に心からお詫《わ》びしたい。私の一生は、素晴らしい方々との出会いに満ちたものだった。（中略）多くの人々から頂いた真実に対して、一人ひとりに直接お会いして、感謝と正直な気持ちを伝えられたら、どんなにありがたく、嬉しいことだろう……」

どこまでも人に優しく、人を思い、人を大切にした人生だったのだろうと、胸を打たれた。

その二カ月前に、私の娘夫婦に第二子「つむぎ」が誕生した。知三さんは「つむぎが生きる力をくれた」と言って、写真を眺めては喜んでくれた。つむぎを抱くと、知三さんから命のバトンを受け継いだように感じる。優しく温かく人との関係を紡ぎ、皆から愛されたバトンだ。

「次代へ」

私は、二十四年間務めてきた教会長の職を昨年、娘婿《むこ》にバトンタッチした。私の父も教会長在職中に、その職を私に託し、その後は前会長として見守り続けてくれた。病弱だった父は、自らの体のことも考えての交代だったが、私にとっては、いつも父が後ろ盾《だて》となってくれていたことをありがたく感じていた。私も父の姿勢にならおうと思っての会長交代でもあった。

父の一生は、数々の病気と向き合いながら、信仰心を培い続けた生涯であったように思う。折れてしまいそうに痩《や》せた体ではあったが、芯《しん》は鋼《はがね》のように強く揺るぎない生き方でもあった。幼いころから数々の死線を越えて、心を鍛えてきたのだから、私には到底、追いつくことのできない強さだった。

私が二十代のころ、ある男性が血相を変え、「会長さん、大変なことになりました」と叫んで教会に飛び込んできた。今朝《けさ》から奥さんの具合が悪く、救急車を呼んで、先ほど病院のＩＣＵに入ったとのことだった。父が「それは大変なことやったなあ」と言って肩に手を置くと、男性は深刻な表情で小さく「はい」と答えた。

しかし父は、「でも、よかったなあ。ありがたいなあ」と続けた。一瞬、怪《け》訝《げん》な顔つきになった男性に対して、「いま、生かしていただいておるのや。奥さんは生きてくれている。ありがたいことやなあ」と、笑顔で繰り返した。

男性は、ようやく「よかった」と言った父の言葉の意味を理解し、「はい、本当にありがたいです」と答えた。張り詰めていた気持ちが緩《ゆる》んだのか、瞳《ひとみ》から大粒の涙が溢《あふ》れた。

父はその様子を見つめて、「ありがとう。よう分かってくれたなあ。さあ、神様に、いまある命のお礼を申し上げ、今後のお願いをさせてもらおう」と言い、教会中の人を呼び寄せ、おつとめを勤めた。

男性の奥さんは、ありがたいことに一命を取り留め、回復に向かった。その後は弱い体ながらも、周りの人から長命をたたえられるほどの寿命をお与えいただいた。

父は、私が病気や事情で悩んでいる方をお訪ねするときも、「いまある喜びに、おまえ自身がまず気づき、相手の方にも気づいてもらえるように伝えてきなさい」と言って送り出した。帰ってから、相手の方の深刻な状態を父に報告しても、決まって「結構やないか。ありがたいことや」と言い、「おまえが喜ばなければ人だすけは始まらん」と言った。

そのような父を手本としての、私の会長在職期間だったが、父に追いつけたかと問われれば、足元にも及ばない。でも、教会という舞台で、不思議なご縁につながる人たちとの生活や、喜び探しの生き方ができたことは、「よかったなあ」とうなずいてくれるのではないかと、父の笑顔を思い出す。

若い世代へ教会を託すに当たって、私は歴代の会長が残した日記や記録をひもときながら、その時々の時代背景や教会のありようを一冊のノートにまとめ、「次代へ」と題して手渡すことにした。

教会は、会長が代を重ねるように、集まる人たちの顔ぶれも変わる。しかし、世界の治まりを願い、ご縁を結んでいただいた人たちのたすかりに尽力するという、教会の使命は変わらない。ノートに記しながら、その歴史と先代たちの思いに、私自身があらためて感動し涙した。

若い世代にも、これからたくさんの喜びを感じてほしいと思うが、きっと厳しい試練も待ち受けていることだろう。でも、案じることは何もない。父が私に言った「おまえが喜ばなければ人だすけは始まらん」の言葉を、肝に銘じてさえいれば、どんなことがあっても乗り越えていけるはずだ。それが、引き継ぎに際しての最も大切なバトンだと思う。

今日も元気に、人だすけに出掛ける新会長の後ろ姿が嬉《うれ》しい。

おまえが喜ばなければ
人だすけは始まらん

エピローグ

「ただいま」と「おかえり」

　時折、「ただいま」と言って、わが家で育った里子たちが帰ってきます。「ただいま」のひと言なのに、元気いっぱいに、わが家に響き渡るような声のときもあれば、つぶやくような声のときもあり、その言葉を聞いただけで子供たちの心の状態が伝わります。

　それは、わが家で里子として過ごしていたときと少しも変わりません。子供たちがいくつになっても、元気な声に安心し、消え入るような声に何かを抱えていることを察し、心配する私たち夫婦です。

二十年を遡《さかのぼ》る日、初めての里子・正夫を迎えるときに、これから親子になる彼を何と言って迎えようかと夫婦で相談し、「おかえり」と言って迎えることにしました。

以来、すべての里子たちを「おかえり」と言って迎え、「むぎゅー」と言って抱きしめる里親生活を、いまでも続けています。

元里子の将太は、建設会社で職人として働いていますが、一時かなりつらい体験をしたことから、私たち夫婦はとても心配する日々を過ごしていました。そんなある日、いつになく静かな声で「ただいま」と帰ってきた彼を、玄関で「おかえりなさい」と迎えると、将太は「ここは俺《おれ》のふるさとだよね……」と、独り言のように言いました。「そうだよ。ここはずっと君のふるさとだよ」と私が言うと、瞳《ひとみ》を潤《うる》ませて「よかった」とつぶやき、私の肩にしがみついて涙を流しました。

私よりはるかに大きく、筋骨隆々の体ですが、幼い日に私の膝《ひざ》に座る将太を抱きしめたときと同じように、その体をしっかり抱き寄せました。

妻が教会で子供ショートステイをしていたとき、子供を迎えに来た母親たちは「ただいま」と言って玄関に立ちました。親しくなるにつれて、妻に切ない胸の内を明かすようになり、妻の腕に包まれながら涙する場面を何度も見ました。

妻は細い体ですが、彼女たちには、どんなことを話しても揺るがない妻の存在が、どれほど嬉《うれ》しかったことかと思います。

重篤な病気を患い、私どもの教会で療養をしていた婦人Hさん。ある日、苦しそうな呼吸のなかで、「私に教会があってよかった」とか細い声で言い、続けて「生まれ替わって、またこの教会に帰ってきたい……」と涙を流しました。私はHさんの手を両手で包み、溢《あふ》れる涙をこらえながら何度もうなずきました。Hさんとは、このときの会話が最後になりました。きっといつの日か、生まれ替わって帰ってきてくれるでしょう。だから、教会へ来る人たちを「おかえりなさい」と言って迎えようと思うのです。

里子たちに限らず、人と人とのつながりは、みんな不思議な縁で結ばれていることに気づきます。天理教の教会長として出会う人も、また社会的な活動をしながら出会う人たちも、肉眼では見えませんが、確かな糸でつながっているからこそ出会うのだと思います。

ですから、わが家（教会）に来てくださる人たちを「おかえり」と言って迎えるようになり、多くの皆さんが「ただいま」と言って玄関を入ってくれるようになりました。

これからも、命を与えていただく限り、人との出会いの糸を大切に紡ぎ、神様が結んでくださるご縁のある人たちを「おかえり」と言って迎えたいと思います。

それが本書を上梓《じょうし》するに当たっての、私たち夫婦の誓いです。

最後に、この本の出版に当たり、連載時から編集のうえにご尽力くださいました道友社の佐伯元治さん、素敵《すてき》なイラストを添えてくださいました森本誠さんほか、道友社の皆さまに心より感謝申し上げます。
また、『人間いきいき通信』が発行されるたびに、お手紙、メール、電話を頂戴《ちょうだい》しました全国の大勢の皆さま、本書を手に取ってくださった皆さまに、心からお礼を申し上げます。ありがとうございました。

令和六年一月

白熊繁一

白熊繁一（しらくま・しげかず）

昭和32年（1957年）、東京都生まれ。56年、ブラジル・サンパウロに設立された「天龍《てんりゅう》日語学園」の第１期講師として夫婦で３年間勤務。平成10年（1998年）、天理教中千住《なかせんじゅう》分教会長就任（2022年まで）。15年、里親認定・登録。19年、東京保護観察所保護司を委嘱。21年、専門里親認定・登録。29年、教誨師委嘱。著書に『家族を紡いで』『家族日和』『おやさまの灯《あか》り』『続おやさまの灯り』『おやさまの温《ぬく》もり』（いずれも道友社）がある。

きずな新書015

おかえり――続《ぞく》・家族日和《かぞくびより》

立教187年（2024年）３月１日　初版第１刷発行

著　者　白　熊　繁　一

発行所　天理教道友社
〒632-8686　奈良県天理市三島町1番地1
電話　0743（62）5388
振替　00900-7-10367

TENRIKYO DOYUSHA

印刷所　株式会社天理時報社
〒632-0083　奈良県天理市稲葉町80番地

ISBN978-4-8073-0665-7
定価はカバーに表示